AF306810

Uwe Goeritz

Die Herrin des Feuers

Eine fantastische Geschichte

Bibliografische Information der Deutschen Nationalbibliothek:

Die Deutsche Nationalbibliothek verzeichnet diese Publikation in der Deutschen Nationalbibliografie; detaillierte bibliografische Daten sind im Internet über http://dnb.dnb.de abrufbar.

Coverbild: Uwe Goeritz / Jana Goeritz

Herstellung und Verlag: BoD – Books on Demand, Norderstedt

ISBN: 978-3-7392-2441-1

Inhaltsverzeichnis

Die Herrin des Feuers

Was wäre, wenn du morgen früh aufwachst und du bist in einer ganz anderen Zeit, als in der, in der du am Abend zuvor eingeschlafen bist? Oder du gehst durch eine Tür und alles um dich herum ändert sich? Judith, der Heldin dieser Geschichte, ist genau das passiert.

Sie erwacht in einem vollkommen anderen Leben, fern all ihrer bisherigen Gewohnheiten. In einem Zeitalter der Gewalt und der Dunkelheit. Wie soll sie sich entscheiden? Für das Böse und Dunkle, um in ihre Zeit zurück zu kehren, oder für das Guten und Helle, mit der Gewissheit, für immer in dieser Zeit gefangen zu sein?

Wie würdest du dich entscheiden?

Sämtliche Figuren, Firmen und Ereignisse dieser Erzählung sind frei erfunden. Jede Ähnlichkeit mit echten Personen, ob lebend oder tot, ist rein zufällig und vom Autor nicht beabsichtigt.

1. Kapitel

Eine Tür zu einem fremden Land

Judith schlug die Augen auf. Ein furchtbarer Schmerz bohrte sich in ihre Seite. Sie sah einen grauen Himmel über sich und hörte ein Keuchen. Es dauerte eine ganze Weile, bis sie feststellte, dass sie es selbst war, die keuchte. Was war passiert? Gerade eben hatte sie noch in dem kleinen Café in New York gesessen. Es war ihr zweiter Urlaubstag gewesen, dann der Blitz und auf einmal stürzten sich wild aussehende, Schwert schwingende und dreckige Kerle wie aus dem Nichts auf sie.

Sie tastete zur Seite und ihre Finger stießen auf Holz, das aus ihrem Körper ragte. Wie kam das dort hin? Judith umfasste das Holz, biss die Zähne zusammen und zog an den Holzstab. Sie schrie auf und mit einem schmatzen bewegte sich der Stab. Sie hob ihre Hand vor ihre Augen und sah einen Armbrustpfeil in ihrer Hand, so wie sie mal einen im Museum gesehen hatte. Sie warf den Pfeil weg, der Schmerz raubte ihr die Sinne und ihr Kopf, den sie zuvor mühsam angehoben hatte, fiel in den Schlamm zurück.

Eine dunkle Gestalt beugte sich über sie. Judith versuchte eine abwehrende Bewegung zu machen, doch es blieb bei dem Versuch. Ihre Arme gehorchten ihr nicht mehr. Ihr fielen die Augen zu. „Alles aus." dachte die Frau Sie glitt in das Dunkel hinüber. Die Hände, die sie aufhoben, spürte sie schon nicht mehr. Unsanft landete sie auf einem hölzernen Karren, der sich rüttelnd in Bewegung setzte, doch auch das merkte sie nicht. Alles war schwarz um sie herum und sie war mehr tot als lebendig.

Als sie wieder ihre Augen öffnete sah sie eine verrußte Holzdecke über sich, im zuckenden Rot eines Feuers. Sie stützte sich unter Schmerzen hoch und schaute sich um. Der Raum erinnerte sie an die Stube in der Almhütte ihres Großvaters, wo sie als Kind so gern im Urlaub gewesen war. Er war nicht groß und es schien nur diesen einen Raum in der Hütte zu geben. Es gab nur eine Tür und ein kleines Fenster, durch das etwas Licht in den Raum fiel.

Judith schaute an sich herunter. Das ehemals weiße Kleid, das sie erst am Vormittag gekauft hatte, war nass, voller Schlamm und sicher nicht mehr zu retten. Sie seufzte und eine alte Frau, die am Feuer zusammengesunken gesessen hatte, drehte sich um. Mit verfilzten Haaren kam sie zum Lager herüber und beugte sich über Judiths Seite. Sie betastete die Stelle, an der der Pfeil gesteckt hatte und Judith schrie auf. Sie hörte das Rasseln ihres Atems und sie bekam schlecht Luft. „Wo bin ich?“ fragte sie keuchend „In meinem Haus.“ antwortete die alte Frau. Judiths Kraft ging zu Ende und sie sank zurück auf das Lager. Sie hatte nicht mal die Kraft, sich über die zwar richtige, aber vollkommen nutzlose Antwort aufzuregen.

„Jetzt bloß nicht bewusstlos werden.“ dachte sie sich und erinnerte sich an ihr abgebrochenes Medizinstudium, dass schon ein paar Jahre her war. „Vermutlich hat der Pfeil die Lunge getroffen und deshalb kann ich nicht richtig atmen.“ Sie überlegte, wie sie sich helfen konnte und suchte ihre Handtasche, ohne die sie keinen Schritt aus dem Hause machte. Die teure Ledertasche lag neben ihr und sie angelte das Telefon aus der Seitentasche. „Kein Netz“ blinkte in blauer Schrift auf dem Display. „Mist.“ stöhnte sie und fragte „Gibt es hier einen Arzt?“ „Einen was?“ fragte die alte Frau zurück.

Judith schüttelte den Kopf über so viel Unverständnis. Sie kramte weiter in der Handtasche.

Was konnte sie benutzen? Sie erinnerte sich an den Kurs ihres alten Professors und fragte „Hast du ein Messer?" die Alte nickte und ging zum Tisch. Sie kam mit etwas zurück, was mehr ein Schwert als ein Messer war. Judith sagte „Wasch es bitte ab." und die alte Frau verschwand mit dem Messer aus der Hütte. Judith suchte weiter. Ein Kugelschreiber, ein Kondom und ein paar Haargummis, das musste gehen.

Die alte Frau kam zurück, trat an das Bett und gab Judith das Messer. Die junge Frau stemmte sich hoch, zerlegte den Kugelschreiber und schnitt die Spitze ab. Die alte Frau sah entgeistert auf Judiths Werk. Die Hülle des Kulis wurde mit Gummis mit dem Kondom verbunden, in das sie zuvor ein kleines Loch gemacht hatte, und dann rammte sich Judith mit aller noch verbliebenen Kraft den Stift unterhalb ihrer Brust in die Seite. Mit einem Schrei stürzte sie nach hinten auf ihr Lager. Am Zischen beim Atmen hörte sie, dass die Entlüftung funktionierte. „Danke Professor Schmieder." dachte sie. Nun konnte sie wieder besser atmen und schlief erschöpft ein.

Fast ohne Schmerzen erwachte die Frau wieder und setzte sich im Bett auf. Sie zog sich den Stift aus den Rippen und verschloss die kleine

Wunde mit einem Pflaster, das sie in der Handtasche gefunden hatte. Sie war alleine in der Hütte und versuchte aufzustehen. Die Haare fielen ihr nach vorn ins Gesicht, aber sie waren schmutzig und nicht mehr so blond wie noch vor ein paar Tagen. Wieder sah sie an sich herunter. Die halbe Urlaubskasse hatte sie für das schöne Kleid ausgegeben, dass jetzt nicht mal mehr als Putzlappen zu gebrauchen war.

Auf dem Tisch stand eine Schüssel und ein Krug mit Wasser. Judith legte die Sachen ab und wusch sich. Zuerst säuberte sie die Wunde des Pfeils, aber die hatte schon jemand genäht. Mit ein paar großen Stichen und nicht so fachmännisch, so dass sicher eine deutliche Narbe als Erinnerung an die Wunde zurückbleiben würde. An der Seite lag ein Kleid aus grauen Stoff, das sich Judith anzog. Sie setzte sich an den Tisch und stützte ihren Kopf in die Hände. „Wo bin ich hier?“ fragte sie sich laut.

Sie schaute aus dem kleinen Fenster, vor dem sie saß, doch die Gegend kam ihr gänzlich unbekannt vor. Nur der graue Himmel sah noch genau so aus, wie der, den sie gesehen hatte, als sie zum letzten Mal die Augen geöffnet hatte. Doch viel mehr sah sie nicht. Vermutlich war das Fenster

aus nicht so gutem Glas gemacht, denn es ver-
zerrte die Gegend dahinter. Das Grün der Wiese
und das Grau des Himmels verschmolzen zu einem undefinierbaren Farbton.

2. Kapitel

Die kleine Hütte

Die Holztür knarrte und Judith wurde aus ihren Gedanken gerissen. Die alte Frau betrat die Hütte und stellte etwas Brot auf den Tisch. Beim Anblick des Essens überkam Judith der Hunger und sie Schnitt eine Scheibe Brot ab. Sie biss in das trockene, aber noch warme Brot. Die alte Frau setzte sich zu ihr und betrachtete das nun wieder saubere blonde Haar der jungen Frau.

„Wo bin ich hier?" fragte Judith und schaute die alte Frau an „Ist das immer noch New York?" Die alte Frau schüttelte den Kopf „Nein, York ist weit im Süden. Das hier ist Mac Gwenecks Land. Schottland, in den Highlands." Judith blieb der Mund offen stehen und fast wäre der letzte Bissen Brot wieder auf den Tisch gefallen.

„Schottland?" fragte sie und die alte Frau nickte. Judith schaute sich um „Ist das hier ein Museum oder ein Landschaftspark?" fragte sie, auf die alten Möbel und Sachen zeigend, doch die alte Frau schaute sie nur an und die fragenden Augen der Alten ließen Judith zweifeln.

„Welches Jahr haben wir?“ fragte Judith und hoffte auf die Antwort 2025, aber die alte Frau sagte „Es ist das Jahr des Herren 1225.“ Judith sprang erschrocken vom Tisch auf und merkte sofort, wie die Wunde wieder aufgeplatzt war. Das Blut lief an ihrer Seite herunter und sie streifte sich schnell das Kleid über den Kopf, bevor es vom Blut verschmutzt werden konnte. Die alte Frau nähte die Wunde schnell wieder zu und Judith biss die Zähne zusammen. Ohne Betäubung machte die Alte drei Stiche und zog die Wundränder wieder zusammen. Die Blutung kam sofort zum stehen und Judith wischte sich das Blut mit einem Lappen von der Seite.

„Du musst vorsichtig sein.“ sagte die Alte und zog den Knoten fest. „Wie heißt du?“ fragte Judith und schämte sich fast, dass sie das jetzt erst fragte „Mein Name ist Gwen.“ antwortete die alte Frau und half Judith wieder in das Kleid hinein. „Was ist das denn?“ fragte Gwen, auf den BH zeigend und Judith begann das Kleidungsstück und dessen Funktion zu erklären, aber in ihren Gedanken kreisten nur die fehlenden achthundert Jahre. War das hier wirklich 1225 gewesen? Sie dachte an den Armbrustbolzen und die Männer, die mit Schild und Schwert auf sie zu gelaufen waren. Wie lange war das her?

„Wie lange bin ich hier?" fragte Judith „Du liegst hier seit drei Tagen bei mir in der Hütte." antwortete Gwen und ging zur Tür. „Du musst dich noch ausruhen." sagte sie vom Eingang aus und verließ die Hütte wieder. Judith holte ihre Handtasche vom Bett, öffnete die Klappe, schüttete den Inhalt auf den Tisch und sortierte aus, was sie brauchen konnte und was nicht. Als sie die Tasche weglegen wollte spürte sie etwas Schweres in einer Seitentasche. Sie öffnete den Reißverschluss der Tasche und ein schwarzer Gegenstand fiel polternd auf den Tisch.

Judith hob die Pistole auf und sah sie sich an. Sie hatte vollkommen vergessen, dass sie diese an ihrem ersten Urlaubstag in New York in einem kleinen Waffenladen gekauft hatte, weil ihre Freundin, aus Angst vor Überfällen, ihr dazu geraten hatte. Die Waffe war noch in Folie eingepackt und eine Schachtel Patronen lag auch mit dabei. Es war nur eine kleine Beretta und die 50 Patronen glänzten, als sie die Schachtel öffnete. Die Frau rieb das Öl von der Waffe und zerlegte sie so, wie es der Händler ihr erklärt hatte. Drei

16

Mal hatte er es ihr damals vormachen müssen, bis sie es begriffen hatte. Der Händler hatte dabei einen genervten Eindruck gemacht. Judith lächelte bei dem Gedanken an den dicken, schwitzenden Mann mit der Hornbrille. Dann setzte sie die Pistole wieder zusammen, schob das Magazin in die Waffe und ließ den Verschluss zu schnappen. Die erste Patrone schob sich in den Lauf.

Gesichert legte sie die Waffe vor sich hin. Das Telefon schaltete sie ab, sie hatte hier sowieso kein Netz und daher auch keine Verwendung dafür. Ein paar Münzen, zwei Schachteln Zigaretten, eine Flasche Parfüm und ein Feuerzeug legte sie dazu. Sie nahm eine der Zigaretten heraus und zündete sie sich an. Die würde sie sich einteilen müssen, denn wenn es wirklich 1225 war, so würde sie hier keine Zigaretten finden. Etwas Schminkzeug und ein Kamm, ein paar Tempotaschentücher und eine zerdrückte Tafel Schokolade lagen noch auf dem Tisch. Sie schob sich ein Stück Schokolade in den Mund.

Immer noch überlegte sie, was ihr passiert war. Sie konnte sich nicht erinnern, wie es geschehen war. Sie war in das kleine Café gegangen und hatte einen Cappuccino getrunken, danach wollte sie auf die Toilette gehen. Als sie die Tür geöffnet hatte, hatte sie ein Blitz getroffen und sie hatte im Matsch gestanden. Fremde, wilde Krieger waren auf sie zugelaufen und der Pfeil hatte sie getroffen. Als sie wieder an den Pfeil dachte schmerzte die Wunde wieder. Judith sah das Parfüm und schob das Kleid zur Seite. Mit dem Parfüm versuchte sie die Wunde zu desinfizieren, doch der Schmerz und das brennen des Alkohols auf der Wunde raubte ihr den Atem.

Die Wunde war zwar schon vier Tage alt, aber erst vorhin wieder aufgeplatzt. Instinktiv dachte sie an ihre Reisevorbereitungen und dankte ihrer Freundin Simone im Gedanken, dass diese sie auch an die Tetanusimpfung erinnert hatte. Wenn sich die Wunde nicht entzünden würde, wäre alles gut. Die Kräuterverbände, die Gwen ihr angelegt hatte, hatten offenbar gut geholfen. Judith verstaute alle ihre Sachen in einem Stoffbeutel, so wie ihn Gwen ebenfalls trug.

Sie trat vor die Hütte und schaute auf das wellige, baumlose Land, das sich vor ihr zu einem Tal öffnete. Die Hütte befand sich oben an einem Berg und viele Schafe standen rund um die Hütte. „Du solltest dich doch schonen." hörte sie eine Stimme hinter sich und als sie sich umdrehte, sah

sie Gwen vor einem Schaf knien, dem sie einen
Verband um das Bein machte.

„Sind das deine Schafe?" fragte Judith und
Gwen nickte. „Ja, ich schere sie zusammen mit
Peter und webe aus der Wolle Stoff für Kleider,
die ich im Tal verkaufe oder gegen Essen tau-
sche." sie strich dem frisch verbundenen Schaf
liebevoll über den Kopf und das Tier bedankte
sich mit einem glücklichen „Mäh." Gwen stand
auf und kam zu ihr herüber. „Danke für die
Naht." sagte Judith auf die Wunde zeigend. „Gelernt ist gelernt." sagte Gwen mit einem Lächeln
„Sonst nähe ich zwar nur Kleider, aber es war
eben nötig, sonst wärst du sicher verblutet." setzte sie hinzu.

3. Kapitel

Der Drache

Den ganzen Tag hatten sie sich zusammen um die Schafe gekümmert. Bisher hatte Judith immer nur „Die Alte“ gedacht, doch im Gespräch hatte sie erkannt, dass Gwen gerade mal fünf Jahre älter war als sie selbst. Mit fünfunddreißig sah Gwen aus wie eine alte Frau. Die harte Arbeit bei Wind und Wetter mit den Tieren hatte sie schnell altern lassen. Das lange, verfilzte Haar tat sein Übriges zu ihrem Erscheinungsbild.

Judith arbeitete etwas vorsichtiger, beim Bücken tat ihr die Wunde immer noch weh. Als es Abend wurde zog Gwen ein warmes, duftendes Brot aus einem Backofen, der an die Rückseite ihrer Hütte angebaut war. Zur Beilage holte sie eine dicke Wurst aus einer Scheune, die vermutlich sonst den Schafen als Unterstand im Regen diente. Mit Wurst, Wasser und Brot setzten sich die beiden Frauen an den Tisch.

Vor den Fenstern wurde es immer dunkler und schließlich gingen sie zusammen in das ein-

zige Bett. Schnell schliefen sie nach der schweren
Arbeit des Tages ein. Als sich Judith im Schlaf
auf die Seite drehte, zuckte sie vor Schmerzen
zusammen und fuhr aus dem Bett auf. Sie sah im
Schein der Glut des Ofens die Freundin am Fenster stehen und hörte ein vertrautes Geräusch.
„Das ist der Drache." sagte Gwen mit Angst in
der Stimme „Seit beinahe zwei Jahren kommt er
fast jede Nacht und raubt Tiere, tötet Menschen
oder brennt Hütten nieder."

Judith ging zum Fenster und sah einen Lichtschein im Tal. Das Brummen des Drachens kam
ihr sehr bekannt vor. Wenn sie hier in New York
gewesen wäre, wäre das völlig normal gewesen.
Aber hier? Ein Auto im Jahre 1225? Andererseits
war sie ja schließlich auch hier. Waren da vielleicht noch mehr aus ihrer Zeit in der Gegend?
Vielleicht waren die Anderen aber nicht friedlich,
nach dem, was Gwen erzählte.

Als das Auto wieder weg war gingen sie zurück ins Bett und schliefen bis zum Morgengrau-
en durch. Nachdem Judith die Hütte am Morgen
verlassen hatte sah sie eine Frau mit ihrem Kind
den Hang herauf kommen. Das Kind, ein etwa
zehn Jahre alte Mädchen, stützte die Mutter.
Gwen trat ebenfalls aus der Hütte und Judith

zeigte auf die Beiden. Gwen nickte „Ja, ich bin hier oben ausgestoßen, aber wenn jemand ein Problem hat, so kommt er zu mir. Ich bin die Einzige die ihnen helfen kann." sagte sie und ging den Beiden entgegen. Sie stützte nun die Frau und brachte sie zur Hütte.

Judith sah sich die Verletzung der Frau an. Die Schulter war durch einen Sturz ausgerenkt. Wieder erinnerte sie sich an ihr praktisches Jahr in der Klinik. Dort hatte Doktor Schmidt auch einen Arm eingerenkt. Judith schaute zu was Gwen machte, doch sie konnte es besser. Mit zwei Griffen saß der Arm wieder richtig in der Schulter und die Frau bedankte sich. Schnell gingen die Beiden wieder ins Tal zurück. Gwen nickte Judith zu. „Kannst du mir das zeigen?" fragte sie und Judith erklärte es schnell.

Am Abend, nachdem sie wieder, mit Blick auf das Tal, an dem kleinen Tisch in der Hütte saßen, fragte Judith nach dem Drachen der letzten Nacht. Gwen zuckte merklich zusammen bei der Frage und nickte nur. „Wie ich dir schon gesagt habe, kommt er seit fast zwei Jahren beinahe täglich in das Tal. Im Winter war es etwas weniger und als der Schnee sehr hoch lag, hatten wir ein paar Wochen ruhe. Wir hatten schon geglaubt, dass er weg war, aber kaum war der Schnee geschmolzen, kam er zurück."

„Hast du ihn auch gesehen?" fragte Judith die Freundin und diese zeigte nur aus dem Fenster. „Nur von hier oben aus. Er kommt nicht hier zu mir herauf. Deshalb meiden mich die Leute aus dem Dorf noch viel mehr als vorher. Sie sagen ich habe ihn herauf beschworen, um sie zu strafen. Im Dorf unten hat ihn Peter McGregor gesehen. Er hat dich zu mir hier herauf gebracht und er ist dort der einzige Freund, auf den ich mich verlassen kann. Er hat gesagt, der Drache war Grün und vier Männer wären aus seinem Buch entstiegen. Sie hätten einen furchtbaren Lärm gemacht. Danach haben zwei Kühe gefehlt und ein kleines Haus, am Rande des Dorfes, war von seinem Feueratem niedergebrannt worden. Die Familie, die dort lebte, ist dabei umgekommen."

Judith schaute zu dem kleinen Fenster, dem einzigen in der Hütte, hinaus in die Dunkelheit des Tales. Alles passte irgendwie zusammen, nur wie? Waren die Männer genauso wie sie selbst hierher gelangt? Durch Zufall? Oder hatten sie eine Maschine, mit der sie hierhergekommen waren und vielleicht auch wieder zurück konnten? Sie stützte ihren Kopf in die Arme und schaute auf das Tal, als sie wieder den Lichtschein von unten sah. „Heute kommt der Drache aber früh." sagte Gwen mit Angst in der Stimme.

Das Brummen war deutlich zu hören. Judith ging vor die Tür und lauschte in die Nacht. Der schwere Motor des Wagens heulte. Vermutlich war es ein Pick-up. So ein dunkles Dröhnen hatte sie nur von den schweren Wagen bisher gehört. Leise hörte sie etwas knattern und dachte zuerst, dass da etwas brannte, doch es waren offensichtlich Schüsse. Am Ende des Dorfes, unter sich, sah sie einen Feuerschein und dann verschwand das Fahrzeug wieder. Judith konnte den Lichtschein noch eine Weile sehen, bis er auf einmal verlosch.

Entweder sie waren angekommen, hinter einem Berg verschwunden, oder sie hatten einfach das Licht gelöscht. Doch nun hatte Judith eine Spur. Sie tastete nach der kleinen Pistole, aber die vier Männer waren auch bewaffnet. Sie konnten ihre Waffen sicher besser benutzen und hatten mehr Erfahrung als Judith, die gerade mal wusste wo bei der Pistole vorn und hinten ist, und auch nur, weil ihr der Verkäufer alles erklärt hatte. Nachdenklich ging sie in die Hütte zurück.

„Dieser Peter, kann ich den irgendwie treffen?" fragte Judith und Gwen, deren Augen immer noch vor Schreck weit offen standen, nickte. „Ich bringe dich morgen zu ihm." sagte sie und schlich in die hintere Ecke der Hütte, wo das Bett stand. Sie zog sich die alte Decke so weit nach oben, das nur noch ihr Haar unter der Decke heraus schaute.

Judith dachte an ihre Kindheit und musste Lächeln. Genauso hatte sie das früher auch gemacht, um die Monster von sich abzuhalten. Aber dieser Drache war real, auch wenn es kein wirklicher Drache war. Schnell schlüpfte sie zu der Freundin ins Bett und versuchte sie zu beruhigen.

4. Kapitel

Eine rätselhafte Spur

Nachdem Gwen die Schafe versorgt hatte waren sie aufgebrochen, um in das Tal hinab zu Steigen. Vorher hatte Gwen ihr noch einen Zopf geflochten, so wie es hier in der Gegend üblich war. So hoffte Judith, dass sie nicht ganz so auffiel. Der kleine Weg war an einigen Stellen ganz schön steil und sie musste sich an einem kleinen Geländer festhalten, um nicht abzurutschen. Der Schlamm am Rande des Weges machte die Fortbewegung nicht unbedingt einfacher.

Am Anfang des Dorfes kamen sie an einem rauchenden Haufen von verkohlten Holzstämmen vorbei, der am Tage zuvor noch ein kleiner Bauernhof gewesen war. Judith schaute sich um und sah die Reifenspur, die im Hof endete. „Da sind die Zähne des Drachen." sagte Gwen und zeigte auf eine Spur von glänzenden Punkten im Gras. Judith bückte sich und hob einen davon auf. Es war eine Patronenhülse aus Messing und deutlich größer als die, die in ihrer kleinen Pistole steckten. „Vermutlich ein Jagdgewehr oder ein Sturmgewehr." dachte sie beim Anblick der viele Hülsen.

„Wer hat hier gewohnt" fragte Judith und Gwen dachte kurz nach. „Die Frau mit dem Kind, die gestern bei uns gewesen waren." antwortete sie und Judith fuhr herum „Was?" sagte sie erschrocken. Gwen nickte nur. Dann schaute Judith auf den rauchenden Trümmerhaufen und ging um die ehemalige Hütte herum. Hinter der Hütte war ein kleiner Stall, der noch vollkommen unversehrt war. Als Judith sich dem Stall näherte hörte sie ein leises Wimmern. Vorsichtig betrat sie das wackelige Gebäude. Nachdem sich ihre Augen an die Dunkelheit gewöhnt hatten bemerkte sie eine Bewegung im hinteren Teil der Scheune. Vorsichtig ging sie darauf zu und blieb ein paar Meter vor der Rückwand stehen. So laut sie konnte brüllte sie „Komm da raus!" und ging sofort in Abwehrhaltung.

Aus der Dunkelheit kam das kleine Mädchen vom Vortag langsam auf sie zu. Judith sah die Tränen auf dem Gesicht des Mädchens und nahm sie in den Arm. Gemeinsam verließen sie die Hütte und das Mädchen brach sofort noch heftiger in Tränen aus, als sie die zerstörte Hütte vor sich sah. Judith versuchte alles, um sie zu trösten, was aber nur schwer gelang. Schließlich hatte das Mädchen in der Nacht ihre ganze Familie verloren. Nur durch einen Zufall hatte sie überlebt, weil sie bei einem neugeborenen Kälbchen in der Scheune geschlafen hatte.

Von den Männern und dem Drachen hatte sie nicht viel gesehen, sie hatte sich hinter dem Stroh versteckt und gehofft, dass sie nicht entdeckt wurde. Zusammen mit Gwen verließen sie den qualmenden Hof und gingen weiter in das Dorf hinein. Überall wo sie vorbei kamen wurden schnell die Türen geschlossen. „Das bin ich schon gewohnt." sagte Gwen mit einem Seufzen und Judith merkte schon, dass ihr dies nicht so egal war. Sicherlich hätte die Freundin einen besseren Ruf gehabt, wenn der Drache nicht hier im Dorf so schlimm wüten würde.

Endlich waren sie am Haus von Peter angekommen und dessen Tür blieb für sie offen stehen. Peter war ein großer, muskulöser Mann und man sah ihm an, dass sich andere nicht gern mit ihm anlegen würden. Vor seinen Nachbarn hatte er offensichtlich keine Angst, denn er begrüßte Gwen mit einer Umarmung, direkt vor seiner Hütte, so dass alle Nachbarn es sehen konnten und ganz sicher wurden sie auch jetzt beobachtet. Judith konnte die Blicke in ihrem Rücken spüren.

Aus Ritzen und versteckt hinter Fenstern wurde jede ihrer Bewegungen beobachtet. Peter musterte Judith und sagte dann „Du hast Glück gehabt, dass ich dich gefunden hatte. Die Männer von der Burg" dabei zeigte er mit dem Daumen über seine Schulter nach hinten auf das, auf einer kleinen Anhöhe stehende Gebäude, „hätten dich sonst sicher umgebracht."

Die Frau nickte und bedankte sich für die Rettung. „Du hast den Drachen gesehen?" fragte sie schließlich und Peter nickte. „Ja, vor ein paar Wochen, kurz bevor du hier erschienen bist, habe ich ihn ganz deutlich gesehen." Peter wollte sich die Angst nicht anmerken lassen, doch Judith hörte es aus seiner Stimme heraus. „Kannst du mir zeigen, wo das war?" fragte sie ihn, nachdem Gwen mit dem Mädchen in die Hütte gegangen war. Peter nickte und sie gingen zusammen zum anderen Ende des Dorfes. Als sie an der Burg vorbei kamen hörte Judith das Gegröle der Männer von der Mauer herab und unwillkürlich krampfte sich ihre Hand um die kleine Pistole, die sie immer noch in dem Beutel stecken hatte.

Nach dem letzten Haus gingen sie über eine kleine Wiese zu den Resten einer Hütte. So, wie die Hütte auf der anderen Seite, war auch diese angezündet worden und nach dem Brand zusammengestürzt. Auch hier lagen die Hülsen überall herum und einige davon waren schon grün durch die Feuchtigkeit des Taues. „Weißt du wohin der Drache verschwunden ist?" fragte sie Peter und der zeigte nur den Weg neben der Hütte entlang den Hügel hinauf. Judith ging zu diesem Weg und sah deutlich die Reifenspur wieder. Breite Geländereifen und die Abdrücke waren so deutlich, dass sie nur aus der letzten Nacht stammen konnten. Also hatte das Auto sicher immer denselben Fahrweg.

Auf dem Rückweg zur Hütte erzählte Peter von den Männern, den Teufeln, wie er sie nannte, die aus dem Bauch des Drachen gestiegen waren. Ganz in schwarz gehüllt und ohne ein Wort hatten sie das Haus zerstört. Dann waren sie wieder verschwunden. Im Stillen zählte Judith die ganzen Hülsen zusammen. Die mussten entweder Unmengen an Munition mitgehabt haben, oder irgendeinen Zugang zu der Welt haben, in der es diese Munition zu Hauf gab.

Auch das Auto mit dem Benzin oder Diesel ließ den Schluss zu. Aber wie passte ihr eigenes Erscheinen in dieser Welt da dazu? Im Grübeln hatten sie Peters Hütte wieder erreicht, vor der Gwen schon auf einer Bank wartete, das Mädchen saß zusammengesunken neben ihr und schlief offenbar. „Wollen wir sie mitnehmen?" fragte Judith „Das müssen wir." stellte Gwen fest und deutete auf die Fenster reihum „Jetzt, wo sie hier mit uns zusammen gesehen worden ist, ist sie auch eine ausgestoßene."

Zusammen mit Peter trugen sie das schlafende Kind durch das Dorf zurück zu Gwens Hütte. Dort legte sie Gwen ins Bett und verabschiedete sich dann lange vor der Hütte von Peter, während Judith bei dem Mädchen am Bett sitzen blieb.

5. Kapitel

Ein Überfall

Das Mädchen schlief eine unruhige Nacht zwischen den beiden Frauen. Immer wieder warf sie sich hin und her. Zu dritt war es so schon eng in dieser Schlafstatt. Schließlich setzte sich Judith an den kleinen Tisch und schaute auf das Dorf hinunter, von dem sie allerdings nicht mal die Umrisse sehen konnte. Nur auf der Burg war von Zeit zu Zeit ein Lichtschein zu sehen. Vermutlich ging da die Wache auf der Mauer mit einer Fackel entlang. In dieser Nacht war der Drache auch nicht erschienen, oder sie hatten ihn verschlafen. Als draußen die Sonne aufging und die ersten Strahlen durch das kleine Fenster in die Hütte fielen wachte das Mädchen auf.

„Wie heißt du eigentlich?" fragte sie Judith „Kattie" war die Antwort, noch etwas verschlafen. „Setzt dich zu mir an den Tisch Kattie." sagte Judith und zog leise einen der Hocker an sich heran. Vorsichtig, um Gwen nicht zu wecken, stand das Mädchen auf und ging zum Tisch hinüber. Genauso leise setzte sie sich an den Tisch und sah zu der älteren Frau auf. Die Beiden begannen zu tuscheln, aber Gwen hörte es doch und setzte sich in dem Bett auf. „Das war eine Nacht." sagte sie und strich sich verschlafen durch das zerzauste Haar. Sie gähnte, stand auf, verschwand kurz aus der Hütte und kam mit Brot und Wurst wenig später zurück.

An den leuchtenden Augen Katties konnte man sehen, dass Wurst nicht allzu oft auf dem Speiseplan stand. Das Mädchen langte ordentlich zu und aß mehr, als die beiden Erwachsenen zusammen. Judith strich ihr über ihr Haar. Sie sah die dankbaren Augen des Mädchens, das sicher nicht so ein gutes Leben gehabt hatte und sicher auch keines als Waise weiter gehabt hätte, wäre sie nicht hier bei ihnen auf der Hütte gewesen. „Helft ihr mir?" fragte Gwen, als sie die Wurst wieder zurück gebracht hatte und die Beiden anderen nickten. Zusammen gingen sie hinter die Hütte und versorgten die Schafe.

Zu dritt trieben sie die kleine Herde, von vielleicht dreißig Schafen, auf eine andere Weide. Ein paar verkrüppelte kleine Bäume standen am Rande des Hohlweges, durch den sie die Tiere treiben mussten. Kattie ging voran und die beiden Frauen folgten den Schafen. Durch die Bäume und etwas Gebüsch am Rande des Weges konnte

die Herde die Spur nicht verlassen und mussten
so dem Mädchen an der Spitze folgen. Als sich
der Weg zur Weide öffnete jagten die Tiere mit
großen Sprüngen an dem Mädchen vorbei, das in
der Mitte des Weges einfach stehen blieb. Nachdem Gwen sie erreicht hatte zog sie ein paar Bal-
ken von der Seite, mit denen sie ein Gatter verschlossen, das nun quer über den Weg lag, so
konnten die Tiere nicht wieder entkommen.

Zusammen standen die drei Frauen am Gatter
und schauten zu den Schafen, als ein Gefühl Judith dazu bewegte, sich schnell zu bücken. Mit
einem Zischen flog etwas knapp über ihrem Kopf
vorbei und bohrte sich in einen der verkrüppelten
Bäume neben ihr. Judith schaute nach oben und
sah einen Pfeil dort drin stecken, so einen, wie
der, der sie in der Seite getroffen hatte. Sie fuhr
herum und sah etwa zwanzig Männer hinter sich,
die sich nun, da sie entdeckt worden waren, mit
Geheul und Schwertschwingend auf die drei
Frauen stürzen wollten.

Noch waren sie etwa dreißig Meter entfernt.
Judith richtete sich wieder auf und griff in den
Beutel, den sie zum Glück mitgenommen hatte.
Die kleine Pistole fiel in ihrer Hand gar nicht auf.
Mit einem klacken legte sie die Sicherung um

und wartete, das die Männer etwas näher kamen. Die beiden anderen Frauen versteckten sich hinter ihrem Rücken, so als ob das helfen würde, wenn die Männer sie erreichten.

„Stopp." brüllte Judith die Männer an, die auch wirklich vollkommen verdutzt stehen blieben. Für einen Moment konnten sie kaum fassen, dass eine Frau sie anschrie. Mit einer Wut, die sie nun nicht mehr zügeln konnten rannten sie wieder nach vorn und wollten sich auf die Frauen stürzen. Judith zog den Abzug durch, die Beretta knallte zwei Mal und die Frau spürte den Rückstoß der Waffe, der zwar nicht sehr stark, aber doch spürbar war. Sie hatte aber viel zu tief gezielt. Die Kugeln trafen die Erde vor den Füßen der Männer. Das Geräusch der Schüsse und die aufspritzende Erde schlugen die Männer aber auch so sofort in die Flucht.

Mit dem Ruf „Weg hier, das ist eine Hexe." rannten sie in wilder Panik den Weg wieder zurück und dann ins Tal hinab. Judith schaute ihnen eine Weile nach, bis sie sich umdrehte und in die verstörten Gesichter der beiden anderen schaute. „Woher hast du den Drachen?" fragte Kattie und zeigte auf die Pistole in Judiths Hand. „Den habe ich gefunden." erklärte Judith und damit log sie

noch nicht einmal, denn sie hatte die Waffe ja
wirklich in der Handtasche gefunden. Dann
steckte sie die gesicherte Beretta wieder ein.

„Wieso gehorcht er dir? Bist du die Herrin
des Feuers?" fragte das Mädchen weiter, doch
Judith wollte, und konnte, ihr nicht die Funktion
einer modernen Schusswaffe erklären. Sie dachte
zurück, wie ihr der Händler lange erklärt hatte,
wo vorn und hinten bei der Waffe war. Dafür,
dass sie gerade eben das erste Mal geschossen
hatte, hatte sie sich gar nicht so schlecht ange-
stellt, und niemand war verletzt worden.

Wortlos ging sie zur Hütte hinüber und dachte
an das gerade erlebte. Hinter ihr gingen die beiden anderen den schmalen Weg entlang und
schauten nur noch erschrocken auf Judiths Rücken. „War das richtig gewesen?" fragte sich Judith in Gedanken den ganzen Weg. Griff sie nicht
dadurch in die Geschichte ein? Aber das machten
ja schon die anderen vier Männer mit dem Auto.
An der Hütte drehte sie sich um und sah in die
fragenden Augen ihrer beiden Begleiterinnen.
„Ja, ich bin die Herrin des Feuers." sagte sie
schließlich und das war im Moment nicht mal
gelogen.

Fast ehrfürchtig schauten die Beiden anderen zu ihr auf. Im Moment war sie so etwas wie eine Göttin, aber war das der Plan dessen gewesen, der sie hier her geholt hatte? Und warum war sie hier? Immer wieder kreisten ihre Gedanken um diese eine Frage.

Was mache ich hier und warum?

6. Kapitel

Hexe oder Heilige?

Zu dritt saßen sie vor der kleinen Hütte und Kattie erzählte die Geschichte, die sie als Sage schon so lange hier in der Gegend gehört hatte, wie sie zurückdenken konnten. „Die Herrin des Feuers wird eines Tages in einem weißen Gewand erscheinen. Sie kann mit den Drachen sprechen und sie wird uns von den Teufeln befreien." „Ich habe ein weißes Kleid angehabt." begann Judith zu erzählen und sofort sprang Kattie auf „Wo ist es?" rief sie. „Das ist jetzt nicht mehr weiß, sondern eher schlammig grau." sagte Judith mit einem Seufzen, als sie an den Preis des Kleides dachte. Sie stand auf und ging in die Hütte hinein. Im hinteren Teil lag zusammengeknüllt das, was einmal ein schönes Designerkleid aus einer Edelboutique gewesen war.

Judith faltete das Knäul auseinander. Vorn waren zwei Löcher drin und es war mit Blut verschmiert. Hinten war es vollkommen mit Schlamm bedeckt. Sie drückte es Kattie in die Hand und die verschwand mit dem Kleid sofort hinter der Hütte. Ein paar Stunden später hatte das Kleid zumindest die Farbe wieder. Aber es war trotzdem vollkommen ruiniert. „Ich schenke es dir." sagte Judith und drückte es dem überglücklichen Kind in die Hand. „Das dauert aber noch etwas, bis es mir passen wird." sagte Kattie, als sie sich das Kleid anhielt. „Warum hat dein Kleid diese magischen Zeichen?" fragte sie, auf die Schrift des Modelabel zeigend und Judith erkläre ihr „Das ist der Name des Mannes, der das Kleid für mich genäht hat." Diesmal log sie, um dem Kind nicht erklären zu müssen, wie Designer in achthundert Jahren arbeiteten. Vielleicht wollte sie aber auch nur ihre Ruhe haben?

Bereits am nächsten Tag hatte es sich im Dorf herumgesprochen, wie wusste keine der Drei, das die „Herrin des Feuers" angekommen war. Bisher waren die Frauen nur zu Gwen gekommen, wenn sie irgendwelche Verletzungen hatte, doch nun kamen sie mit jedem Anliegen zu ihnen hoch. Judith und Gwen kümmerten sich um die Frauen und halfen, wo auch immer es nötig war. Sei es mit einem guten Wort, einem Tipp oder ein paar Kräuter, die auf eine Wunde gelegt werden mussten. Vor all der Arbeit mit den Frauen kamen sie fast nicht mehr dazu, sich um die Schafe zu kümmern. Mit jeder Frau, der sie halfen, sprach es sich im Tal immer weiter herum und schon bald kamen auch Frauen aus der Umgebung.

Bis auf Peter ließen sich aber keine Männer auf dem Berg sehen. Die Arbeit der drei Frauen war ihnen nicht geheuer und da Frauen sowieso kaum Rechte hatten, wurden sie schnell zu Hexen gemacht, was dem Andrang der Frauen natürlich nicht abschwächte. Wie an einer Perlenschnur die Perlen, so zogen die Frauen, eine nach der anderen, oder in kleinen Gruppen zusammen, den Weg zu der Hütte auf dem Berg hinauf. Judith hatte sich einen kleinen Baum gesucht, in dessen Schatten sie sich auf eine Bank setzte und wo dann die Frauen zu ihr kamen. Sie brachten auch kleine Geschenke oder Nahrungsmittel mit, die sie ihr überreichten.

Von der Burg gegenüber wurden sie argwöhnisch beobachtet. Der Turm der Burg lag in etwa auf der gleichen Höhe, wie die Hütte von Gwen, und wenn das Tal nicht dazwischen gewesen wäre, hätte man sicher hinüber laufen können. Judith schätzte die Entfernung auf etwa einen Kilometer und an manchen Tagen fühlte sie sich fast beobachtet. Aber konnte das sein? Wenn die Sonne günstig stand, so sah sie das blitzen der Strahlen auf den Helmen oder Waffen, das ihr aber nur verriet, dass die Männer dort Wache hielten.

An der Frage „Hexe oder Heilige" schieden sich bei ihr die Geister. Sie war keins von beidem, sondern nur eine ganz normale Frau. Zwar eine aus der Zukunft, aber eben ganz normal. Mit Stärken und Schwächen. Eine davon war das Rauchen, das sie nicht lassen konnte, aber bestimmt bald lassen musste. Jedes Mal, wenn sie in die letzte Schachtel schaute, wurden es weniger und die Möglichkeit eine neue Schachtel irgendwo zu finden waren mehr als gering. Jeden Tag genehmigte sie sich nur eine Zigarette, die sie mit Genuss bis zum Schluss aufrauchte. Früher hatte sie oft halbgerauchte Zigaretten weggeworfen, dafür hasste sie sich nun manchmal.

Alle Versuche, etwas Ähnliches zu finden, was ihr den Tabak ersetzen konnte, waren bisher gescheitert. Kolumbus würde erst in mehr als zweihundert Jahren den Tabak finden und nach Europa bringen. Drüben, für sie unerreichbar fern, über dem Ozean gab es jetzt schon Tabak und die Ureinwohner rauchten sicher gerade in diesem Moment eine Pfeife davon.

Wie dem auch war, nun stand sie als Frau, in einem weißen Gewand, am Tag mit dem Drachen in der Hand, den schwarzen Männern, bei Nacht, im Drachen, komplett anders gegenüber. Sozusagen Weiß gegen Schwarz, Mann gegen Frau, Tag gegen Nacht. Sie lächelte bei dem Gedanken, als sie dazu noch setzte Gut gegen Böse. Aber wer war hier Gut und wer war Böse? Sie wollte einfach nur Leben und Überleben. Eine Frage stellte sie sich immer wieder. Was machte sie hier und wo kamen diese Männer her? Konnten sie ihr dabei helfen in ihre Zeit zurückzukehren? Und um welchen Preis?

Wieder kamen ein paar Frauen auf sie zu und wieder überlegte Judith, wie sie ihnen helfen konnte. War es gut, das Selbstvertrauen der Frauen zu stärken? Oder bewirkte dies nur das Gegenteil dessen, was Judith vor hatte? Sie war in Geschichte in der Schule nie so gut gewesen. Ihr alter Lehrer hatte immer nur Jahreszahlen und Könige abgefragt. Nie hatte er ihr den Blick für die Menschen geöffnet, die in diesen Zeiten gelebt hatten. Nun stand sie diesen Menschen direkt gegenüber und wusste sich oft keinen Rat. Sie versuchte den Menschen Tipps zu geben, die sie selbst gern in derselben Situation erhalten hätte, doch waren diese wirklich hilfreich? Leise fluchte sie in sich hinein und schaute zum Himmel hinauf. Wer auch immer sie hier hin geschickt hatte, der hatte doch irgendetwas damit bezweckt. Oder etwa nicht?

Sie breitete die Hände aus und schickte die
Bitte nach oben. „Ich bin keine Hexe und keine
Heilige. Nur eine ganz normale Frau. Hilf mir!"
Aber es kam keine Antwort von oben, eine kleine
weiße Taube flog eine Runde um ihren Kopf, nur
um dann wieder in das Blau des Himmels zu verschwinden. Seufzend ging Judith zur Hütte zurück.

7. Kapitel

Die flammende Hand

Sie waren gerade mit dem Frühstück fertig geworden. Judith war aufgestanden und zum Bett hinüber gegangen, während Gwen und Kattie noch am Tisch saßen. Mit einem Knall wurde die Tür der Hütte aufgerissen und Judith fuhr herum. Sie sah wie acht Männer in die Hütte hinein stürmten. Die Beiden anderen waren vom Tisch aufgesprungen und einer der Männer schlug das Mädchen, das an der Tür gesessen hatte, zusammen. Gwen lief an Judith vorbei zum hinteren Teil der Hütte und wurde sofort von vier Männern verfolgt. Die anderen Vier stürzten sich auf Judith.

Sie rissen sie nach hinten um, so dass sie mit dem Rücken im Bett zum Liegen kam. Sie hörte Gwen schreien und das Zerreisen von Stoff. Dann stöhnte ein Mann. Über ihr kniete ein bärtiger Mann mit schlechten, schiefen Zähnen, der mit offener Hose auf ihrem Bauch saß. Zwei andere Männer hielten ihre Arme, zur Seite gezogen, fest. Jemand zog an ihren Beinen, so dass sie nach unten rutschte und der Mann über ihr nun fast auf ihrer Brust saß. Er drückte ihr die Schul-

44

tern nach unten, damit sie sich nicht aufrichten und entkommen konnte, aber das wäre durch sein Gewicht sowieso nicht möglich gewesen. Jemand versuchte ihre Knie auseinander zu ziehen, die sie mit aller Macht zusammen presste. Gwen wimmert nur noch und das stöhnen der Männer aus der Ecke wurde immer lauter.

Einer der Männer ließ den Arm von Judith los und ging nach unten. Jemand zwängte sich mit Kraft zwischen ihre Beine. „Nein." schrie Judith und in ihr begann der Zorn, die Wut und die Hilflosigkeit eine Flamme zu entzünden. Sie riss ihren anderen Arm los und versuchte den Mann von sich herunter zu schieben, indem sie ihm die Hände gegen die Schultern drückte. Plötzlich glühten ihre Hände auf und der Mann sprang mit einem Jaulen von ihrer Brust herunter. Mit den Beinen trat sie die anderen drei von sich weg, dann sprang sie aus dem Bett und lief zum Tisch.

Mit einer schnellen Bewegung hatte sie die Pistole aus dem Beutel gezogen und ein paar Geschosse auf die entblößten Hinterteile der Männer abgegeben, die noch kurz zuvor versucht hatten, sich an ihr zu vergehen. Mit Schmerzensschreien, Jaulen und Hüpfen verschwanden sie alle aus der Hütte. Judith lief um das Bett herum, wo Gwen nackt auf dem Boden lag, von drei Männern an Knien und Händen festgehalten, während der Vierte auf ihr lag. Judith presste die glühende Hand auf das nackte Hinterteil des Mannes. Der jaulte laut, sprang auf und verließ rennend die Hütte. Gefolgt von seinen drei Kameraden und Judith, die die restlichen Geschosse auf die Hinterteile der vor ihr fliehenden Männer verteilte.

Sie lief zur Tür, um sicher zu gehen, dass die Männer auch wirklich weg waren. Dann ging sie in die Hütte, warf die leergeschossene Pistole auf den Tisch und kümmerte sich um das Mädchen. Kattie war beim Hinfallen mit dem Kopf gegen die Tischplatte geschlagen und hatte das Bewusstsein verloren. So war ihr das Geschehen der letzten Minuten in der kleinen Hütte erspart geblieben. Sie trug das Mädchen zum Bett, auf dem sie gerade noch gefangen gelegen hatte, und legte sie dort ab. Danach ging sie zu Gwen, die nackt und wimmernd am Boden hockte. Sie zog die Freundin hoch und begann sie zu trösten. Gwen löste sich aus der Umarmung und taumelte zur hinteren Wand der Hütte, wo sie ein Kleid von einem Hacken nahm und über ihren zerschundenen und zerkratzten Körper zog.

Jetzt konnte Judith an sich herunter sehen. Das Kleid und der BH waren zerrissen. Der Slip war nicht mehr vorhanden. Sie drehte sich um und sah ihn vor dem Bett liegen. Da er anscheinend noch in Ordnung war zog sie ihn schnell wieder an. Sie streifte das Kleid von den Schultern und betrachtet den BH. Wie von der Klaue eines wilden Tieres zerrissen sah er aus. Achtlos warf sie das Kleidungsstück in den Kamin, wo es mit einem Knistern in weißen Rauch aufging. Gwen kam, mit immer noch ziemlich unsicheren Schritten, mit einem Kleid auf sie zu, dass sie sich schnell über den Kopf zog. Erst jetzt begannen ihre Knie zu zittern.

Sie ließ sich auf einen der Hocker fallen und begann, mit ebenfalls zitternden Fingern, die Pistole nachzuladen. Mit einem metallischen Geräusch schnappte der Verschluss zu und Judith legte die Waffe auf den Tisch. Sie betrachtete ihre Hände. Nichts, kein Kratzer, keine Verfärbung, keine Brandwunden. Alles genau so, wie sonst auch. Einfach weiße Haut. Sie schaute aus dem Fenster zum Tal hinab. „Sicher hätten die Männer uns umgebracht, wenn sie mit uns fertig gewesen wären." dachte sie, während Gwen die Platzwunde an Katties Kopf verband, die gerade mit einem Stöhnen aufgewacht war. Wenig später saßen sie wieder an ihren Plätzen, wo sie vor sicher nicht

mal einer halben Stunde gefrühstückt hatten. Nur
der Verband am Kopf des Mädchens und die zwei
zerrissenen Kleider auf dem Bett zeigten die Ereignisse der letzten Minuten auf.

„Ich muss mich erst mal säubern gehen." sagte Gwen und stemmte sich vom Hocker hoch. „Ist
das denn sicher? Kommen die noch mal wieder?"
fragte Judith und Gwen schüttelte nur den Kopf.
Judith folgte den beiden anderen aus der Hütte,
einen schmalen Weg entlang und nach etwa
zwanzig Minuten kamen sie an einen kleinen
Teich von etwa fünfhundert Metern Durchmesser.
„Das ist der Teufelsteich. Die Leute aus dem Tal
denken, dass er verflucht ist, weil hier mal zwei
Menschen ertrunken sind. Die sind erst nach einer
Woche wieder aufgetaucht, vollkommen von
Schlingpflanzen umhüllt." Gwen sah Judith zweifelnden Blick und sagte „Die Schlingpflanzen
sind nur da rechts, hier links kannst du ohne Bedenken in das Wasser gehen." Sie streifte sich das
Kleid ab und ging in das flache Wasser, bis es ihr
bis zur Hüfte stand. Dann wusch sie sich das Blut
vom Bauch.

Judith streifte sich auch das Kleid ab und bemerkte erst jetzt den breiten, roten Striemen, der
sich quer über ihre Brust zog. Langsam ging sie

48

in das kalte Wasser, bis sie bei Gwen angelangt war. „Ich kann nicht schwimmen." rief Kattie vom Ufer aus:" „Dann bleibe nur am Rand, da ist es nicht so tief." antwortet ihr Gwen. Das Mädchen legte das Kleid ab und ging vorsichtig, Schritt für Schritt ins Wasser, dann setzte sie sich hin, so dass sie bis zu den Schultern im Wasser saß.

Gwen und Judith gingen tiefer in den Teich hinein, bis sie ebenfalls bis zu den Schultern im Wasser standen. „Die hätten uns alle drei umgebracht, wenn sie mit ihrem Spaß fertig gewesen wären." begann Gwen und bestätigte so die Vermutung Judiths. „Wer weiß was die mit Kattie gemacht hätten." erzählte sie weiter und Judith fuhr herum „Aber die ist doch erst zehn." entgegnete sie „Das Leben einer Frau ist hier nicht viel Wert. Schon gar nicht das Leben von einer Ausgestoßenen, so wie wir Drei es nun sind." erwiderte Gwen und ging, langsam durch das Wasser watend, wieder zurück zum Ufer.

8. Kapitel

Nur eine Frau?!

Auf dem Rückweg vom Teich, während der warme Wind ihr Haar trocknete, grübelte Judith über den Vorfall am Morgen nach. Irgendwann in der Schule hatte ihr Freund Sigi mal gesagt „Die Menschheit teilt sich auf in Menschen und Frauen." schon damals hatte sie sauer darauf reagiert, aber hier war das Todernst. Als Frau hatte man nicht nur nichts zu sagen, sondern man war den Männern praktisch hilflos ausgeliefert.

Sie wollte sich nun aus Sicherheit erst mal etwas zurück nehmen und dachte daran, dass es noch mehr als sieben Jahrhunderte dauern würde, bis die Frauen überhaupt mit einer gewissen Wertschätzung bedacht würden und wenigstens wählen gehen dürften. Sie dachte an den Kampf der Suffragetten in England und all den anderen Frauen des zwanzigsten Jahrhunderts. Wenigstens Gwens Freund Peter behandelte sie mit Respekt, aber der war vermutlich auch der einzige Mann im Umkreis von fünfhundert Kilometern, wenn nicht sogar von der ganzen Erde dieser Zeit.

Als sie die Hütte wieder erreichten, setzte sich Judith unter einen Baum, um nachzudenken. Gwen und Kattie gingen zu den Schafen auf die Weide, um dort nach dem Rechten zu sehen. Judith schaute wieder auf ihre Hände. War das Glühen wirklich echt gewesen? Vermutlich ja, sonst hätte sie der Mann sicher nicht losgelassen. Doch wie war das geschehen? Sie hatte mal ein Buch über spontane Selbstentzündung gelesen, doch da waren die Menschen verbrannt und sie hatte nicht mal eine Rötung der Haut zurück behalten.

Was war geschehen und wie? Sie stützte ihren Kopf in die Hände und stemmte die Ellenbogen, im Sitzen, gegen die Knie. Langsam steigerte sie sich wieder im Gedanken in die Situation in der Hütte hinein. Die Wut und der Zorn auf diese Männer, diese Verbrecher, kamen wieder hoch. Sie steigerte sich so weit hinein, dass das Feuer in ihr wieder aufloderte. Ihre Hände wurden wärmer. Oder war das nur das Gefühl der Wut?

Sie nahm die Hände vor ihr Gesicht und plötzlich schoss eine Flamme aus ihrer rechten Hand. Vor lauter Schreck steckte sie sie sofort in das Regenwasserfass, neben dem sie saß. Es zischte und weißer Wasserdampf stieg auf. Judith zog die Hand wieder heraus, aber es war nichts zu sehen. Wieder begann der Zorn aufzukommen, wieder kam die Flamme und wieder steckte sie die Hand in das Fass.

Nun wusste sie, wie sie die Flamme hervorrufen konnte, doch wie konnte sie es beenden? Nicht immer wäre das Fass in der Nähe. Immer weiter zogen ihre Gedanken ihre Kreise. Wenn Wut es auslösen konnte, so musste ein entgegengesetztes Gefühl es doch auch wieder löschen können. Was war aber das entgegengesetzte Gefühl von Wut? Liebe, Vergebung, Mitgefühl oder was?

Sie versuchte es immer wieder und schließlich hatte sie es gefunden. Die Liebe ließ das Feuer erlöschen, so wie ihr Zorn es entfachte. Flamme ein, Flamme aus, übte sie nun eine ganze Weile und bemerkte dabei nicht, dass sie von der Hütte aus ehrfürchtig von den beiden Freundinnen beobachtet wurde. Nun war sie für sie keine Frau mehr sondern wirklich die „Herrin des Feuers". Ein Geräusch ließ sie aufblicken und sie sah die Augen der beiden anderen, die ihr aus ein paar Metern Entfernung bei ihrem Spiel mit dem Feuer zusahen.

Für einen Moment vergas sie das Feuer, und das ihre Hand noch brannte. Sie legte sie sich auf den Bauch und schon wenig später roch sie verbrannte Schafswolle. Sie schaute nach unten und sah das riesige Loch, das sie sich selbst in das Kleid gebrannt hatte.

Sie sah ihren Bauch durch das Kleid hindurch, aber es waren keine Brandstellen auf ihrer Haut zu sehen. Das Feuer konnte ihr nichts anhaben. „Na wenigstens werde ich nicht auf dem Scheiterhaufen enden." dachte sich Judith mit einem Lächeln. Sie ging zu den beiden Freundinnen zur Hütte, denn schließlich musste sie sich nun erst einmal umziehen. Kattie und Gwen ließen keinen Blick von dem Loch, das Judith in ihrem Kleid hatte. Als sie an der Hütte angekommen war sagte sie „Entschuldige bitte." zu Gwen, den diese hatte ja das Kleid genäht und auch die Wolle dazu verarbeitet.

Gwen schaute etwas verstört. Offenbar hatte sich noch nie jemand bei ihr für irgendetwas entschuldigt. Als Frau war sie es gewöhnt, alles einfach hinzunehmen, was passierte. Judith war da ganz anders, sie war ein Kind ihrer Zeit und nicht dieses finsteren Zeitalters hier. Sie legte den Arm um Gwen und gemeinsam gingen sie in die Hütte hinein. Bei Gwen war es vermutlich mit der Umerziehung zu spät, aber bei Kattie war es noch möglich, ihr ein bisschen Selbstvertrauen zu geben. Nun würde Judith also bei der Erziehung des Mädchens mithelfen, aber dabei musste sie vorsichtig sein, um ihr nicht zu schaden.

Von Tag zu Tag versuchte sie nun Kattie so weit zu bringen, dass sie sich selbst in dieser Welt behaupten konnte. Da sie ja sowieso schon Ausgestoßene waren, die außerhalb der Gesellschaft lebten, spielte es eigentlich keine Rolle. Auch lesen und schreiben brachte sie dem Mädchen bei. Gwen schaute nur begeistert zu, wie sich die schwarze Schrift auf dem gelblichen Pergament dahinzog. Auch im Sand hinter der Hütte übten sie das schreiben. Judith malte mit einem Stock die Schrift vor und Kattie zeichnete die Buchstaben nach. Nach ein paar Tagen machte auch Gwen mit und so saßen sie zusammen hinter der Hütte, wenn nicht gerade Frauen kamen, oder die Schafe zu beaufsichtigen oder umzusetzen waren.

Schließlich kam Gwen auf die Idee, allen Frauen etwas lesen und schreiben beizubringen, und so trafen sie sich schon nach ein paar Tagen mit den ersten Frauen hinter der Hütte. Mit einer Begeisterung, die Judith ihnen nie zugetraut hätte,

54

machten sich die Frauen daran, schreiben und lesen zu lernen. Misstrauisch von den Männern beobachtet, denen das gar nicht gefiel, dass ihre Frauen schlauer und gebildeter waren, als sie selbst.

Wie lange konnte das gut gehen? Judith dachte an die Männer, die sie in der Hütte überfallen hatten. War das nicht schon ein Zeichen gewesen, dass sie die Wut der Männer über ihr Werk herausgefordert hatte? Und nun sorgte sie auch noch für Bildung unter den Frauen. Dabei machte sie sich weniger um sich selbst Gedanken, als um die beiden anderen Mitbewohnerinnen.

9. Kapitel

Saufgelage

Gedeckt hinter dem kleinen Baum schaute Judith nach unten in das Tal. Es ging langsam auf den Nachmittag und es war schon ganz schön warm. Der Sommer konnte nicht mehr lange auf sich warten lassen. Auch wenn die Menschen hier noch nicht die ihr bekannten Monatsnamen hatten schätze sie es auf Ende Mai. Sie wollte ins Dorf hinunter, zu Peter, um ihn nach den Männern zu fragen, die bei ihnen in der Hütte gewesen waren. Sie wollte sich bei ihrem Weg aber nicht sehen, und erst recht nicht fangen, lassen.

Die kleinen Bäume an dem Hang waren gerade mal so groß wie sie selbst und der Abstand zwischen ihnen war manchmal mehr als drei Meter. Vorsichtig schob sie sich von Baum zu Baum und blieb dann immer wieder eine Weile stehen. So dauerte der Weg um ein vielfaches länger, als wenn sie die Straße genommen hätte. Hier gab es auch keinen Weg, sondern sie musste durch das teilweise kniehohe Gras des Hanges und sie konnte nicht sehen, ob sich darunter nicht gerade ein Erdloch befand, in das sie hätte treten und stürzen können.

Ein paar hundert Meter unter sich sah sie die Dächer der Häuser und, fast auf gleicher Höhe am Gegenhang, die Burg. Peters Haus lag an dieser Seite des Dorfes, fast in der Mitte, mit der Rückseite direkt an diesem Hang und wenn sie den Trampelpfad, der sich nun anschloss, weiter gehen würde, so hoffte sie, direkt an dem, an das Haus angrenzenden, Stall von Peters Kühen heraus zu kommen. Schritt für Schritt näherte sie sich dem Haus und endlich stand sie an der Hinterwand des Stalles. Sie tastete sich an der Wand entlang und versuchte kein Geräusch zu machen. Direkt neben ihr war die Häuserwand des Nachbarhauses und wenn sie jetzt irgendeinen Laut machen würde, kämen die Nachbarn sicher um nachzuschauen.

Peter saß auf der Bank vor seiner Hütte und hielt eine kleine, schnurrende Katz in seinen riesigen Händen. Nur Kopf und Schwanz des Tieres schauten heraus. Als Judith um die Ecke des Hauses schaute bemerkte die Katze sie zuerst und auch Peter schaute zu ihr auf. Er zeigte auf die angelehnte Tür seines Hauses und Judith verschwand schnell darin. Peter folgte ihr wenig später.

Als sie zusammen an dem Tisch saßen fragte Judith alles Mögliche und Peter begann „Ewan Mac Gweneck ist hier vor ein paar Jahren aufgetaucht. Keiner weiß wo er her kam. Er hat die Burg erobert und seitdem geht es uns hier im Tal immer schlechter. Er fordert immer höhere Abgaben und seit er hier ist, taucht auch der Drache fast jede Nacht auf. Nicht nur bei uns, sondern überall in der Gegend. Nur ein Tag in der Woche haben wir Ruhe vor ihm. Das ist heute wieder mal so weit. Immer wenn Mac Gweneck und seine Leute drüben in der Schänke feiern ist der Drache nicht da. Ewan schlägt auch die Männer und Frauen, wenn sie nicht sofort machen was er will.“

Draußen wurde es langsam dämmrig und die Frau wollte sich selbst ein Bild von diesem Mann machen, der die ganze Gegend zu terrorisieren schien. Sie schlich um das Dorf herum, um auf die andere Seite des Platzes, an der Schänke zu gelangen. Wenn sie direkt über die Straße gegangen wäre, dann wären es nur etwa hundert Meter gewesen, so war sie fast eine Stunde unterwegs.

Judith war zu der Rückseite des Hauses geschlichen. In der Dämmerung hatte sie zum Glück niemand gesehen und nun saß sie direkt unter einem der Fenster, die zum großen Saal der Schänke gehörten. Der Fensterladen stand einen kleinen Spalt offen, und Glas gab es scheinbar noch nicht, so dass sie alles mit anhören konnte, aber außer Rumgegröle und derbe Sprüche konnte sie nichts verstehen. Sie richtete sich auf und schaute durch den Spalt. Es waren etwa zwanzig Männer in dem Raum, die Männer, die sie in der Hütte überfallen hatten, konnte sie nicht sehen, aber die würden sicher auch noch etwas brauchen, um wieder sitzen zu können. An einem Tisch saßen nur zwei Männer und einer davon musste der Anführer sein. Nur welcher? Ein junges Mädchen, von vielleicht zwanzig Jahren, hetzte mit Krügen zwischen den Tischen hin und her.

An einem der Tische kam sie ins Stolpern und goss den Inhalt eines der Krüge auf den einen der Beiden Männer an dem Tisch. Der Mann sprang auf und schrie sie an. Er stieß sie zurück, bis sie an einen der anderen Tische prallte. Er drehte sie um, so dass sie mit dem Rücken zu ihm stand, dann drückte er ihren Oberkörper nach vorn. Er holte eine Peitsche und schlug den Rock des Mädchens hoch. Mit nacktem Hintern stand sie da und wartete auf die Peitschenhiebe. Der Mann zögerte, ließ die Peitsche fallen und öffnete seine Hose. Judith ließ sich fallen und setzte sich unter das Fenster, mit dem Rücken zur Wand. Von drinnen war deutlich zu hören, was da gerade passierte. Das Grölen und anfeuern ließ nur einen Schluss zu.

Aus dem Saal war nun donnernder Applaus zu hören, der verkündete, dass der Mann offensichtlich fertig war. Judith stemmte sich wieder hoch und schaute durch den Fensterspalt. Das Mädchen stand immer noch so da wie vorhin, nur jetzt mit schmerzverzogener Miene. Der Mann hinter ihr hatte wieder die Peitsche in der Hand und überlegte wohl, ob er sie nun doch noch Auspeitschen, oder lieber seinen Männern überlassen sollte. Schließlich brüllte er sie an „Verschwinde." und das Mädchen lief so schnell es konnte durch eine Tür, hinter der sich offenbar die Küche verbarg.

Die Frau hatte nun alles gesehen, was sie sehen wollte. Der Anführer trug eine Armbanduhr und einige der anwesenden hatten offensichtlich Kleidung an, die nicht in dieses Jahrhundert passte. Leise schlich sie wieder nach vorn zum Haupteingang des Saales. Es war nun mittlerweile so Dunkel, dass sie sich aufrichten konnte und so, durch die Dunkelheit verborgen, über den Weg zu Peters Haus gehen konnte. Aus dem Augenwinkel nahm sie eine Bewegung wahr, sie drückte sich an die Hauswand und blieb im Dunkeln stehen. Ein paar der Männer torkelten vom Eingang hinüber zur Burg, und da mussten sie unmittelbar an ihr vorbei.

Sie presste sich so eng an die Wand wie es nur ging und wagte nicht zu atmen. Die Männer waren aber so betrunken, dass sie die Frau auch im hellsten Scheinwerferlicht nicht bemerkt hätten. Nachdem sie vorbei waren huschte Judith schnell über die Straße und verschwand durch die nur angelehnte Tür in Peters Haus.

10. Kapitel

Begegnung im Schilf

Mittlerweile war Judith schon drei Monate hier in dem Dorf. Es war nun inzwischen Hochsommer und so heiß, das die Drei ihre Hütte nur früh am Morgen und dann erst wieder am späten Nachmittag verlassen konnten. Die Hütte war schön kühl, da sie mit Schieferplatten sowie Erde gedeckt und halb in den umgebenden Erdboden eingelassen war. Die Frauen der Umgebung waren jetzt den ganzen Tag auf den Feldern, um die Ernte einzubringen. Nur am Sonntag, nach dem Gottesdienst in der kleinen Kirche, wenn ihre Männer in der Schänke saßen, kamen sie auf den Berg zu Gwen und Judith, zum Reden und Lernen.

Sie saßen dann im Schatten des einzigen großen Baumes, den es hier oben bei Gwen auf der Höhe gab, und unterhielten sich über alles Mögliche. Auch Kattie saß mit dazwischen, aber als einziges Kind unter so vielen Frauen traute sie sich oft nicht ein Wort zu sagen. Dafür redeten die anderen Frauen umso mehr. Hier oben waren sie frei und hier konnte ihnen niemand zuhören, oder sie stören. An manchen Tagen brachte eine von ihnen Brot mit, das sie dann gemeinsam aßen, oder Gwen hatte in dem kleinen Backofen, in dem sie sonst das Brot gebacken hatte, einen Kuchen für sie alle bereit gestellt, den sie am Morgen noch schnell aus etwas Mehl und ein paar Äpfeln gezaubert hatte.

In der letzten Woche hatten sie die Schafe geschoren. Da war Peter ihnen zur Hilfe gekommen. In der Zeit, in der er drei Schafe von der Wolle befreit hatte, hatten die beiden Frauen zusammen nur zwei geschafft. Judith war den Umgang mit der Schafschere noch nicht so gewohnt und war sehr vorsichtig vorgegangen, um die Tiere nicht zu verletzen. Nun standen, oder lagen, die geschorenen Schafe auf der Weide, die Wolle war gewaschen und lag hinter der Hütte zum Trocknen und Judith spürte die schwere Arbeit immer noch im Rücken.

Immer wenn eines der Bündel aus Wolle auf der Wiese trocken war, holten sie es in die Hütte und sponnen daraus mit einer Spindel einen Faden, den Kattie dann auf einen Knäul wickelte. Trotz dem, dass die Wolle gewaschen war, roch es doch immer mehr nach Schaf in der kleinen Hütte und nun stapelten sich die Knäule mit der Wolle im hinteren Teil ihrer Behausung. Bald würde Gwen daraus Stoff für die nächsten Kleider weben, die sie dann auf dem Markt im Dorf oder in der nächsten Stadt verkaufen wollte.

Nach dem Scheren der Schafe hatte sich Judith Gwens Haare vorgenommen. Es hatte ganz schön lange gedauert, die wilde Mähne der Frau zu bändigen und zu entfilzen. Zusammen mit Kattie Hilfe war es ihr aber doch gelungen und nun waren die Haare glatt und lang. Es gab Gwen ein viel jugendlicheres Aussehen und sogar Peter pfiff anerkennend, als er Gwen beim nächsten Treffen wieder sah. Den kleinen Kamm, mit dem sie die Haare gebändigt hatte, hatte sie Gwen geschenkt und diese hütete ihn nun wie einen Schatz.

Es war kein besonderer Kamm. Judith hatte ihn in einem Trödelladen in New York gefunden und für einen Dollar gekauft. Er war aus Silber und passte in der Farbe besser zu Gwens dunkleren Haaren als zu Judiths blonden Schopf. Dass das Silber in diesem Jahrhundert viel wertvoller war, als in ihrer Zeit, daran hatte Judith nicht gedacht.

An diesem Tag, es war ein ganz normaler Wochentag und die Frauen würden ihre Hilfe wohl heute kaum brauchen, wollte Judith alleine zum Teich gehen, um dort zu baden. Es war zwar mitten am Tag und die Sonne brannte auf sie herunter, aber da würde der Teich eine willkommene Abwechslung und vor allem Abkühlung sein. Sie schlenderte den Weg zum Teich hinauf.

Von weitem sah sie auf die goldgelben Felder im Tal hinunter. Es gab sie nur dort, wo der Boden es hergab. An vielen Stellen reichte die Qualität des Bodens aber nur für Gras, das die Schafe und Rinder fraßen. Von vorn sah sie schon das mehr als zwei Meter hohe Schilf stehen, das den Teich fast ganz umsäumte. Nur ein kleines Stück an der einen Stelle war frei, und das war ihre Badestelle. Hier war sie ungestört und konnte in der Sonne liegen oder nachdenken.

Als Judith am Rande des Teiches ankam und gerade ihre Sachen ablegen wollte, hörte sie hinter sich ein Geräusch. Sie dachte, dass sich vielleicht ein Schaf von Gwens Herde hierher verlaufen hätte, das sie schon eine ganze Weile gesucht hatten, und ging dem Geräusch nach. Mitten im Schilf prallte sie fast mit einem Mann zusammen, der aus der entgegengesetzten Richtung durch das

Schilf gelaufen war. Judith ging zwei Schritte zurück und zog die Pistole. „Ich habe hier einen Drachen, dessen Feueratem dich töten kann! Verschwinde von hier!" schrie sie ihn an.

Der Mann schaute mehr belustigt als erschrocken und erwiderte „Das ist kein Drachen, sondern eine Beretta Kaliber 6,35 Millimeter, mit sieben Patronen im Magazin. Die kommt erst in achthundert Jahren auf den Markt. Woher hast du die?" „Aus einem anderen Leben." sagte Judith und entsicherte die Waffe. Das metallische Klicken ließ das Lächeln des Mannes zu einer Fratze gefrieren.

„Du bist einer von ihnen!" sagte Judith und hob die Waffe an. Über den Lauf zielte sie auf das Herz des Mannes. „Von wem bin ich einer?" fragte er. „Na von denen." sagte Judith und zeigte mit der anderen Hand auf die Burg. „Nein, ich komme aus einer anderen Zeit. Ich kenne hier niemanden." sagte der Mann, erschrocken in den Lauf der Waffe schauend, die keine zwei Meter entfernt auf ihn zeigte. Selbst eine schlechte Schützin konnte ihn aus dieser Entfernung nicht verfehlen.

Vorsichtig ließ Judith die Waffe sinken, achtete aber auf jede Bewegung des Mannes. „Wo kommst du her?“ fragte sie „Aus Hamburg.“ sagte er, immer noch bleich. „Ich komme aus Berlin.“ sagte Judith und steckte die nun gesicherte Waffe zurück in den Beutel. „Judith.“ sagte sie und er antwortete „Andreas.“ er deutete eine Verbeugung an und Judith musste Lachen. „Wollen wir nicht erst mal aus dem Schilf raus?“ fragte er, nun sichtbar erleichtert, da die Waffe nicht mehr auf ihn zeigte. „Du zuerst.“ sagte Judith mit einem Schmunzeln und folgte ihm dann zum Ufer des Teiches.

11. Kapitel

Ruhige Stunden

Sie saßen nebeneinander am Rande des Tei-ches, der Wind wehrte lau durch Judiths Haar und lies es immer wieder vor ihr Ge-sicht fallen. Sie strich die Strähnen aus den Augen, hörte dem Mann zu und Andreas erzählte seine Geschichte. „Ich bin eines Abends in meinem Hotel ins Bett gegangen, ich war in New York zu einem Seminar, am nächsten Morgen bin ich im Schlafanzug unter einem Baum aufgewacht. Das war vor etwa einem viertel Jahr. Eigentlich bin ich in einem kleinen Verlag in Hamburg als Autorenbetreuer tätig. Da ich schon immer mal Schottland sehen wollte, habe ich mir ein paar Sachen von einer Leine geholt und mich auf den Weg gemacht.“

„Ich war auch in New York, im Urlaub. Bevor ich hier her kam.“ unterbrach ihn Judith. Es war so ein vertrautes Gefühl, das sie spürte. So als ob sie ihn schon lange kannte und nicht erst seit ein paar Minuten. Er nickte und setzte fort. „So machte ich mich also als Rucksacktourist auf den Weg. Am Anfang trug ich die Sachen eines Wandermönches, da kam ich einfach so in vielen

Herbergen unter. Ich hatte ja kein Geld, um zu bezahlen. Zum Glück kann ich die Bibel fast auswendig. Ich schreibe nun alles auf, was ich erlebe und es ist schon ein dickes Buch geworden." er holte ein Bündel Blätter aus der Tasche, zeigte sie Judith und verstaute sie sofort wieder wie einen Schatz.

„Was hast du vorhin mit deiner Bemerkung gemeint, ich wäre einer von denen?" fragte er und Judith erzählte von der Burg, dem Auto und Ewan. Der Blick des Mannes verfinsterte sich. Er schaute zur Burg, von der man gerade nur das Dach des Turmes, mit der kleinen Fahne darauf, sehen konnte. „Ich habe mal vor Jahren ein Buch über schottische Sagen und Märchen gelesen. Da kam das alles drin vor. Eine Herrin des Feuers wurde da auch erwähnt, aber ich kann mich nicht mehr an den Schluss erinnern." sagte Andreas „Mich nennen die Leute hier die Herrin des Feuers." sagte Judith. „Es ist wohl eine alte Sage aus der Gegend." setzte sie fort.

„Ich weiß noch nicht, warum es mich gerade in diese Gegend gezogen hat." begann Andreas wieder. „Und ich weiß auch nicht, warum ich hier in dieser Zeit, an diesem Ort bin. Vielleicht ist es Schicksal, das wir Beide hier sind und das wir uns getroffen haben." setzte Judith den angefangenen Satz des Mannes fort.

„Wir müssen was gegen die unternehmen." sagte Andreas und zeigte auf die Burg. „Ja, aber was?" fragte Judith. „Da fällt uns schon was ein." sagte er und setzte hinzu „Was wolltest du eigentlich hier?" „Baden." sagte Judith mit einem Lachen. Ein warmes, wohliges und vertrautes Gefühl hatte sich in ihr breit gemacht. Sie ließ sich nach hinten ins Gras fallen und schaute zu den Wolken hinauf. „Und worauf warten wir dann noch?" fragte er und beugte sich über sie.

„Ja worauf eigentlich? Aber ich habe keine Badesachen mit." sagte sie und schaute in sein Gesicht. „Ich auch nicht." erwiderte er und lächelte sie an. „Na dann ist es ja gut." begann Judith und hatte auf einmal das Gefühl ihn küssen zu müssen. Sie kannte ihn noch keine Stunde und küsste ihn lange und leidenschaftlich. „Komm las uns ins Wasser gehen." schloss sie und legte ihr Kleid ab. Schnell sprang sie in den Teich und wartete, bis zur Hüfte im Wasser stehend, auf ihn.

Andreas legte seine Sachen ab und hängte die Tasche mit den beschriebenen Blättern seiner

Reiseerlebnisse vorsichtig an einen der kleinen
Bäume, die am Rande des Teiches standen. Dann
sprang er zu ihr in den Teich. Ausgelassen, wie
kleine Kinder, tobten sie durch das Wasser. Be-
spritzten sich, tauchten untereinander durch und
schwammen um die Wette über den Teich. Andreas ließ sie aber offensichtlich gewinnen.

Eine Stunde später lagen sie wieder nebeneinander auf der Wiese und ließen sich von der
Sonne trocknen. Judith rollte sich auf die Seite
und stützte ihren Kopf in den Arm. Sie sah den
Mann an ihrer Seite an und dachte, wie lange es
schon her war, dass sie ihren letzten Freund gehabt hatte. Sie kam zu dem Schluss, dass es schon
viel zu lange her war. Die Frau kramte in ihrem
Beutel, der neben ihrem Kopf auf der Wiese lag,
und schon wenig später hatte sie gefunden, was
sie gesucht hatte.

Sie drückte Andreas ein Kondom in die Hand
und schaute in sein verdutztes Gesicht. Beinahe
hätte sie los gelacht, doch dann Begriff er, was
sie meinte und wollte. Judith gab sich dem schö-
nen Gefühl der Vereinigung hin und genoss die
zärtlichen Streicheleinheiten des Mannes. Später,
nach dem zweiten Bad, um sich zu säubern, und

als sie wieder trocken waren, zogen sie ihre Sachen wieder an.

Judith nahm die Schachtel Zigaretten aus dem Beutel. Es waren jetzt nur noch vier Stück darin. Andreas machte große Augen. „Ich habe schon ewig keine Zigarette mehr geraucht." sagte er und sie hielt ihm die Schachtel hin. „Bisher habe ich es mit allen möglichen Kräutern probiert. Sogar mit getrockneten Brombeerblättern. Von einigen davon ist mir richtig schlecht geworden." sagte er, zog eine Zigarette aus der Schachtel und betrachtete sie in seiner Hand, als hätte er einen Schatz gefunden. Zusammen brannten sie sich jeder eine Zigarette an und gingen Hand in Hand, rauchend, zu Gwens Hütte den Weg entlang.

In der Hütte würden sie nun zu viert sein, solange Andreas in der Gegend bleiben würde. Gwen saß im Schatten der Hütte und begrüßte Andreas zurückhaltend. Das Erlebnis mit den Männern in der Hütte hatte sie vorsichtig werden lassen. Aber da Judith ihm vertraute, konnte sie das vermutlich auch. Sie gingen in die Hütte und an der Tür stehend zeigte Judith auf die Burg. „Da drüben sitzen die." sagte sie und Andreas nickte nur. Nun konnte er die Burg richtig sehen, nicht nur das Dach.

In der Hütte, die noch vor einem halben Jahr Gwen alleine gehört hatte, wohnten sie nun zu viert. Von nun an schliefen Gwen und Kattie im Bett und Judith mit Andreas daneben auf einer Decke auf dem Boden der Hütte. Am nächsten Morgen kam auch noch Peter dazu und so saßen sie zu fünft am Frühstückstisch.

12. Kapitel

Angriff der Angst

Die Ernte war eingebracht und nun ging es um die Verteilung der Abgaben. Da Judith den Frauen lesen, schreiben und rechnen beigebracht hatte, konnte nun jede von ihnen sehen, dass sie bei der Berechnung ihrer Abgaben in den letzten Jahren immer betrogen worden waren. Nachdem sich die Bauern weigerten mehr als das vereinbarte Getreide zu übergeben, ließ der Burgherr die Abgaben, die er selbst so hoch fest gesetzt hatte, mit Gewalt eintreiben. Von Tag zu Tag gingen seine Männer zu den Höfen und nahmen sich einfach das, was ihrer Meinung nach ihnen gehörte. Und damit waren nicht nur das Korn und das Vieh gemeint. Auch die Frauen und Mädchen waren vor ihnen nicht sicher.

Die Männer des Burgherrn waren zwar den Dorfbewohnern zahlenmäßig unterlegen, aber dadurch, dass sie immer nur einen Hof pro Tag ausnahmen und dazu auch noch bewaffnet waren, gelang es ihnen fast immer das Korn und die Tiere zu rauben. Denn ein Raub war es in jedem Fall. An einem Hof versuchten die Bauern Widerstand

zu leisten und dies endete damit, dass die Männer
von der Burg den Bauern und die Bäuerin fast zu
Tode prügelten.

Judith und Gwen kümmerten sich um die beiden Opfer der Gewalt, legten Kräuter auf und
verbanden die Wunden. Jeden Tag sahen sie diesem Treiben von ihrem Berg aus zu und Judith
fühlte sich schuldig an diesen Ereignissen, da sie
ja den Bäuerinnen geholfen hatte und ihnen
Selbstvertrauen gebracht hatte. Durch diese Hilfe
rückten die Frauen auf dem Berg, die dort zusammen mit Kattie und Andreas, lebten, immer
mehr in die Aufmerksamkeit der Leute von der
Burg, denn natürlich wussten diese auch, woher
dieser Aufruhr unter den Frauen des Tales kam.

Seit mehr als einer Woche war Andreas nun
schon hier oben auf dem Berg. Auch er hatte von
hier oben die Gewalt gesehen, doch als Mensch,
der sein Leben sonst im Büro mit Büchern ver-
brachte, war er nicht sehr muskulös. Wenn er sich
eingemischt hätte, so wäre es ihm wohl schlecht
ergangen.

Wann immer es möglich war kam Peter zu
Gwen auf den Berg. Als Dorfschmied hatte er im

Moment sowieso nicht zu viel zu tun. Für ihn war es wichtiger, bei seiner Freundin zu bleiben. Nun kam das Auto in manchen Nächten mehrmals, es verbreitete nachts Angst und Schrecken unter den Dorfbewohnern, so wie die Männer Ewans am Tage.

Eines Morgens, Peter war gerade auf der Hütte eingetroffen, kam die Bedienung aus dem Gasthof den Berg herauf gelaufen. Völlig außer Atem stand sie in der Hüttentür und rief Gwen zu „Schnell, ihr müsst verschwinden. Die Männer von der Burg wollen euch fangen und bestrafen, weil ihr uns geholfen habt." sie strich das verschwitzte Haar aus dem Gesicht und schaute Judith verzweifelt an.

Gwen nickte und alle rafften schnell ihre Habseligkeiten zusammen. Nach ein paar Minuten machten sie sich auch schon auf den Weg. Aileen, die Bedienung, blieb zurück und schaute ihnen nach. So schnell sie konnten gingen sie zu fünft den Weg hinter der Hütte den Berg weiter hinauf. Schon wenig später sahen sie eine Rauchsäule an der Stelle aufsteigen, an der Gwens Hütte stand.

Peter drehte um und ging zurück, während die anderen an einem sicheren Platz rasteten. Etwa eine halbe Stunde später kam er zurück. „Die haben Aileen ausgepeitscht und die Hütte angezündet. Danach haben sie die Frau mit in das Tal genommen und auch deine Schafe haben sie mitgenommen. Nichts ist übrig geblieben von dem, was mal dir gehört hat." sagte Peter und man sah ihm die Wut deutlich an. Sicherlich hatte er sich nur mit Mühe zurückhalten können, doch die Männer waren bestimmt in der Überzahl gewesen, sonst hätte sie Peter nicht so davon kommen lassen.

Schließlich brachen sie wieder auf. Jeder trug ein kleines Bündel auf seiner Schulter. Gwen stoppte plötzlich, nahm ihr Bündel ab und schaute hinein. „Ich habe deinen Kamm in der Hütte liegen gelassen." sagte sie zu Judith und wollte sofort zurück laufen, doch Peter hielt sie auf. „Deine Hütte gibt es nicht mehr." sagte er und erst jetzt hatte es Gwen wirklich verstanden. Sie nickte und Tränen kullerten ihre Wangen hinab. Ob sie der Hütte oder dem verlorenen Kamm galten, wusste vermutlich nicht mal sie.

Auf der Spitze des Berges schwenkte Peter auf einen Weg ein, der sich parallel zum Tal auf der Höhe hinzog. Von hier oben aus konnten sie auch noch einmal auf die Burg hinunter schauen. Es war ein steiniger und felsiger Weg, bei jedem Schritt musste man aufpassen, nicht abzurutschen und damit in die Tiefe zu stürzen. „Wir müssen in die Richtung, in die der Drache immer entkommen ist." rief Judith Peter zu. Der drehte sich um, überlegte kurz, wie sie wohl den Platz von hier aus erreichen konnten und hatte auch schon einen Weg gefunden. Hier oben, in den Bergen, machte ihm keiner etwas vor, schon oft war er hier gewesen.

Sie ließen die Burg und das Dorf hinter sich und folgten dem steinigen Weg immer weiter. Die Spitze des kleinen Trupps bildete Peter, gefolgt von Gwen und Kattie. Dann folgte Judith und Andreas bildete den Schluss. Immer wieder schaute er sich um, ob ihnen auch niemand folgen würde, doch außer der immer noch zu sehenden Rauchfahne von Gwens Hütte konnte er nichts erkennen. Am späten Nachmittag rasteten sie wieder, diesmal auf einer etwas breiteren Stelle des Weges. Peter zeigte auf einen Durchgang zwischen zwei Felsen und sagte „Da müssen wir hindurch und dann den Berg hinunter. Dort unten können wir dann zur Nacht lagern." Er reichte Gwen eine Wasserflasche und diese trank gierig, dann reichte sie diese weiter zu Kattie und dann zu Judith. Beim Aufstehen rutschte Kattie aus, nur mit viel Glück konnte Judith ihre Hand fassen und sie so vor einem tiefen Sturz bewahren. Sehr viel vorsichtiger gingen sie nun das letzte Stück des Weges weiter.

Als die Abenddämmerung langsam einsetzte erreichten sie wieder die Ebene, wo auch ein paar der kleinen Bäume standen. Sie fanden eine größere Freifläche auf der sie für die Nacht ihr Lager aufschlagen wollten und ein jeder legte sein Bündel ab, dass er den ganzen Tag auf dem Rücken getragen hatte. Peter füllte die Flasche wieder mit Wasser, das er aus einem kleinen Bach schöpfte, der unweit des Platzes aus den Bergen in das Tal stürzte. Dann begann der Mann zusammen mit Andreas Brennholz für ein Feuer zu suchen, während die Frauen sich von dem langen und anstrengenden Marsch ausruhten.

13. Kapitel

Nachts in den Bergen

Kattie sah auf den Haufen feuchtes Holz, den die Männer zusammen getragen hatten. „Wie sollen wir das den entzünden?" war ihre fast weinerliche Frage. Judith griff sich einen der Äste und hielt ihn hoch. Das Holz begann zu qualmen, schon wenig später hatte sie den Ast in Brand gesetzt und steckte ihn in den Haufen mit dem Holz. Damit das Feuer nicht gleich wieder ausging, streckte sie beide Hände in den Stapel und setzte so den ganzen Haufen in ein großes Feuer um. Kattie und Gwen setzten sich zu Judith und langsam senkte sich die Dunkelheit über die kleine Gruppe.

Wenig später brachen Andreas, Peter und Judith auf, um auf einem Bergvorsprung, den sie beim Abstieg passiert hatten, eine bessere Übersicht über die Ebene zu bekommen. Die anderen beiden Frauen wollten am Feuer auf die Rückkehr der Drei warten. Vorsichtig setzte Peter Fuß vor Fuß und die anderen beiden folgten ihm genauso vorsichtig. Von dem kleinen Felsvorsprung konnten sie das Tal überblicken und setzten sich dort hin. Sie warteten eine ganze Weile, bis sie unter sich das Licht des Autos sahen, aber es fuhr in Richtung Dorf. Nicht in die Richtung, in der die Drei das Versteck der Bande vermuteten. Also hieß es wieder warten und es dauerte sicher eine Stunde oder länger, bis sie wieder das Motorengeräusch vernahmen.

Das Fahrzeug fuhr unter ihnen durch, doch plötzlich zeigte Peter auf das Licht der Scheinwerfer. Das Auto bog in die falsche Richtung ab, hin zu ihrem Lagerplatz. Offenbar hatten die Männer das kleine Feuer gesehen und wollten nachsehen, wer da wohl in der Nacht dort lagerte. Sie hörten einen Schrei von ihrem Feuer und gingen, so schnell sie konnten zurück.

Dort angekommen fanden sie nur noch Kattie, die schwer verletzt war. Das Auto hatte sie angefahren, als sie weglaufen wollte. „Die haben Gwen mitgenommen." war alles, was das Mädchen noch sagen konnte, bevor es das Bewusstsein verlor. „Bring du Kattie ins Dorf. Wir verfolgen die Männer." sagte Judit zu Peter und setzte hinzu „Wir werden dir immer mal Zeichen hinterlassen, damit du uns folgen kannst." Der Mann nickte, nahm Kattie vorsichtig in den Arm und ging sofort los. Judith löschte das Feuer und zusammen mit Andreas folgten sie den Spuren, die das Auto im weichen Boden, selbst in der Nacht gut sichtbar, hinterlassen hatte.

An allen Abzweigungen hinterließ Judith kleine Stoffstücke, die sie vom Saum des Kleides abriss. Sie band sie an Sträucher oder an kleine Bäume und markierte so für ihren eigenen Rückweg, aber auch für Peter, der ihnen bestimmt folgen würde, Wegepunkte, die durch den hellen, grauen Stoff auch in der Nacht gut sichtbar waren. Sie fühlte sich fast wie Gretel in dem Märchen der Gebrüder Grimm, nur das ihr Kleid immer kürzer wurde und die Vögel das Nachsehen haben würden. Schon bald hatte sie nur noch ein bis zu den Knien gehendes Kleid. Andreas schaute etwas Amüsiert und sagte „Wenn der Weg noch lang ist hast du bald ein schickes Minikleid." trotz der ernsten Suche versuchte Judith zu Lächeln.

Nach einer ganzen Weile des Weges riss die Wolkendecke auf und der Vollmond ließ sein silbernes Licht auf die Ebene am hinteren Ende des Tales fallen. Nun konnten die Beiden fast wie am Tage sehen. Genau rechtzeitig, bevor die Spur auf Geröll weiter gegangen wäre, beleuchtet der Mond nun den Weg und den Beiden schien es so, als ob die Natur ihnen selbst half, das Versteck

82

der Bande zu finden. Das schwere Auto hatte in den Fahrten, die es ja nun jede Nacht machte, eine richtige Spur durch das Geröll gezogen und offenbar war niemanden in Ewans Bande bewusst gewesen, wie sehr sie sich damit verraten hatten. Aus ihrer Sicht konnte man das vielleicht auch verstehen, sie traten ja als Drache auf und sie hatten sicher nicht vermutet, dass jemand wusste, dass die Reifenspur und der Drache zusammen hingen.

Nach einer Biegung führte die Spur in ein kleines Nachbartal, wo das Auto eine ganze Zeit auf der Wiese gefahren war und dann hörten die Spuren plötzlich auf. An einem Bachlauf war das Auto in das Gewässer gefahren und diesem sicher eine ganze Strecke gefolgt. Jedenfalls konnten weder Judith noch Andreas an den Rändern des Baches Ausfahrtspuren finden. So folgten sie nun einfach dem Bach. Jeder lief auf einer Seite und suchten nach den Abdrücken der Reifen an der Stelle, an der das Kraftfahrzeug ja wieder das Wasser verlassen haben musste. Leise rief Andreas seine Freundin und zeigt dann nach oben. Judith konnte die Spitze des Burgturmes sehen, die auf der anderen Seite des Hügels lag. Hier waren sie also richtig, nur wo war der Eingang? Hinter sich hörte Judith das Brummen des Fahrzeuges und ein Lichtschein schimmerte durch die Bäume.

Sie drehten um und gingen darauf zu. Mit laufendem Motor stand das Auto auf einer kleinen Lichtung und die Männer kamen gerade aus einem Bereich, der verdeckt vor Judiths Blick zwischen den Bäumen lag. Sie stiegen ein und wollten gerade aufbrechen als Judith an das Auto heran trat. Sie stellte sich genau zwischen die Scheinwerfer und legte die Hände auf die Motorhaube. Andreas kontrollierte schnell, ob sich Gwen noch im Wagen befand, doch er schüttelte nur den Kopf und das war das Zeichen für Judith. Die Männer in dem Fahrzeug waren im Moment so überrascht, dass sie zu keiner Regung fähig waren und Judith ließ ihnen nicht die Zeit zu einer Reaktion zu finden.

Sie ließ ihre Hände aufglühen und Andreas ging zur Sicherheit ein paar Meter zurück in den Wald. Die Klappe des Motorraumes fing an zu leuchten und an den Seiten schossen Flammen heraus. Es dauerte keine zwei Minuten und das gesamte Fahrzeug, mitsamt der Insassen, stand in hellen Flammen. Mit einem Knall flog das Auto in die Luft und Judith trat von dem Wrack zurück.

Nun folgten sie wieder den Spuren des Autos und standen kurze Zeit später vor einer Wand im Felsen. Die Spuren führten zu einem Gebüsch direkt davor und als sie es zur Seite zogen, sahen sie eine Öffnung im Berg, die wohl mal zu einem Bergwerk gehört hatte, oder zu einem Fluchttunnel der Burg, die sich ja direkt auf der anderen Seite des Berges befand.

14. Kapitel

Im Tunnel

Andreas nahm sich einen Ast von der Seite des Durchganges und hielt ihn Judith hin. Als sie ihn fragend ansah sagte er „Als Fackel." und sie entzündete den trockenen Ast. Gemeinsam betraten die den Durchgang, hinter dem sich eine große, in den Fels gehauene, Höhle befand. An der Seite der Höhle befanden sich ein paar Kisten, die aber alle Leer waren. Am anderen Ende der Höhle war ein etwa zwei Meter breiter Gang, der tiefer in den Berg hinein führte. Andreas nahm die Pistole von Judith und ging, mit der Waffe in der einen und der Fackel in der anderen Hand, vorsichtig in den Gang hinein. Judith folgte ihm mit einem kleinen Abstand.

Die Wände waren nicht sehr sorgfältig behauen und von Zeit zu Zeit ragte ein größerer Stein in den Gang hinein. Judith ging an der Wand entlang, während Andreas in der Mitte des Ganges lief. Sie waren schon ein Stück in den Tunnel hinein gegangen, als der Boden plötzlich unter Andreas nachgab und er in die Tiefe fiel. Plötzlich war er vor Judiths Augen verschwunden. Sie kniete sich an den Rand der Öffnung und blickte erschrocken hinunter.

Andreas saß, mit der Fackel in der Hand, etwa vier Meter unter ihr, in einem anderen Gang. Er schaute nach oben und rief „Nichts passiert!" dann stand er auf „Hier geht ein Gang entlang, aber vermutlich zurück. Willst du warten, bis ich bei dir bin?" fragte er von unten, doch Judith schüttelte den Kopf, auch wenn er das in der Dunkelheit von unten vermutlich nicht sehen konnte. „Ich gehe weiter." rief sie nach unten und stand auf.

Sie entflammte ihre Hand und hielt sie so vor sich, dass sie durch das Licht nicht geblendet wurde und trotzdem alles im Gang sehen konnte. Die eine Hand direkt an der Wand und die andere neben ihrem Kopf stand sie noch einen Augenblick unschlüssig neben dem Loch. „War dies hier eine Falle gewesen? Oder einfach nur ein schlecht verdeckter Bergwerksschacht, der einfach nur so da war?" dachte sie sich und schaute auf den Boden rings um das Loch. Wenn es eine Falle war, so konnten noch weitere folgen.

An der Öffnung war aber nichts zu sehen, das wie eine Falle aussah. Wäre Andreas am Rand gegangen, so wäre ihm vermutlich nichts passiert, denn neben dem Loch war auf beiden Seiten immer noch genug Platz zum Gehen. Judith beschloss so dicht wie möglich an der Wand des Tunnels zu bleiben. Das Licht der Fackel unter ihr, mit der Andreas den Ausgang suchte, war nun auch verschwunden und so ging sie schließlich los.

Vorsichtig schob sie sich im Gang weiter vor. Nach ein paar Biegungen konnte sie ein Brummen von vorn hören und ein paar Minuten später fiel ein blasser Lichtschein von oben, aus einer kleinen Lampe, in den Gang. Sie löschte ihre Flamme. Nun bewegte sie sich noch vorsichtiger und fast auf Zehenspitzen. Sie blieb im noch dunklen Bereich des Ganges stehen und drückte sich zwischen zwei Felsvorsprüngen ganz fest an die Wand, so als ob sie damit verschmelzen wollte. Sie horchte auf das monotone Geräusch, aber sonst war nichts zu hören.

Schritt für Schritt, Fuß vor Fuß schob sie sich immer weiter nach vorn, bis sie am Rande einer Höhle stand, die etwa so groß war, wie die in welcher der Gang begonnen hatte. Auch hier standen Kisten und Kanister. Direkt neben ihr standen einige Kisten mit einem kleinen Abstand von der Wand, der ausreichte um sich dahinter zu verstecken. Judith zwängte sich in diesen Abstand hinein und schaute um die Ecke der Kiste, hinter der sie sich versteckt hatte, um die Höhle besser zu überblicken. Vermutlich war sie jetzt direkt unter der Burg, denn eine der Wände dieser Höhle, die ihr direkt gegenüber lag, war bis auf eine kleine Tür, die nur angelehnt war, mit Felsgestein zugemauert. Das Brummen kam von einem Notstromaggregat, das in der Mitte des Raumes stand und anscheinend für die Beleuchtung in der Höhle und im Gang zu sorgen hatte.

Durch die angelehnte Tür betrat ein älterer Mann in einem Holzfällerhemd und Jeans die Höhle. Er nahm einen der Kanister von der Seite, an der sich Judith versteckt hatte, füllte etwas Benzin in das Aggregat ein, stellte den leeren Kanister direkt vor die Kiste, hinter der Judith sich zu Boden drückte, bemerkte sie jedoch nicht, und verschwand danach wieder durch die Tür, die er nun aber hinter sich schloss. Judith ging zu einer der Kisten und öffnete sie leise. Es waren Maschinenteile darin. Vermutlich Ersatzteile für das Auto, denn auch ein paar Ersatzreifen lagen in einer Ecke. Judith griff sich einen dort liegenden Holzknüppel und ging zu dem Aggregat in der Mitte. Sie legte ihre Hände auf den Apparat und ließ ein paar der Kabel verschmoren.

Das Brummen verstummte und das Licht erlosch. Sie schlich mit dem Knüppel neben die Tür und wartete. Wenige Augenblicke später öffnete sich die Tür und der Mann kam mit einer Taschenlampe zurück. Er war noch nicht ganz durch die Tür, als ihn Judith niederschlug. Sie nahm die Taschenlampe und fesselte dem Mann mit einem Streifen Stoff, den sie von ihrem Ärmel abriss, am Saum war nicht mehr viel Stoff und das Kleid ging ihr gerade mal noch bis zur Mitte der Oberschenkel. In achthundert Jahren wäre das sicher todschick, aber in diesem Jahrhundert war das eigentlich verboten.

In ihrem nun fast Ärmellosen Minikleid, mit dem Knüppel und der Taschenlampe in den Händen, schlich sie durch die offene Tür weiter in den Nachbarraum. Ein paar Stühle und ein Tisch standen dort. Offenbar ein Aufenthaltsraum für den Techniker oder die Wachen. Wieder kam eine Tür. Vorsichtig öffnete sie diese und sah eine weitere Höhle mit einer Treppe, die nach oben führte. Diese Höhle schien der Keller der Burg zu sein, denn hier waren alle Wände aus gemauerten Felsensteinen zusammengesetzt.

Sie leuchtete mit der Taschenlampe in den kleinen Raum, der etwa fünf Meter mal fünf Meter groß war. Die Treppe befand sich an einer der Seiten. Als sie vorsichtig durch die Tür trat, hörte sie ein Geräusch hinter sich, aber noch bevor sie sich umdrehen konnte, traf sie ein Schlag auf den Kopf. Knüppel und Taschenlampe fielen Polternd zu Boden, gefolgt von der bewusstlos werdenden Judith.

15. Kapitel

Gefangen

Mit Kopfschmerzen wachte Judith auf. Als sie die Augen öffnete, lag sie in einem Käfig aus Eisenstangen, der etwa zwei Meter lang, breit und hoch war. Sie setzte sich auf und bemerkte, das ihr Kleid und Slip fehlte. Nackt saß sie auf dem kalten Steinboden und lehnte sich an das Gitter. Hinter sich hörte sie ein wimmern und als sie sich umdrehte, sah sie Gwen im Käfig neben sich sitzen, mit dem Rücken zu ihr, ebenfalls an das Gitter gelehnt. Sie streckte den Arm aus und berührte die Freundin an der Schulter. Gwen zuckte zusammen, drehte sich aber nicht um. Auch sie hatte keine Kleider mehr an.

Judith sah sich in dem Raum um. Es war ein fast kreisrunder Raum, von etwa zwanzig Meter im Durchmesser. An einer Wand standen Unmengen von Kisten und Kanistern, bis fast zur Decke hoch gestapelt und die war sicher mehr als neun Meter über Judith. Gegenüber ihrer Zellen gab es eine hölzerne Treppe, die zu einer Tür nach oben führte, die auf der Hälfte der Wand zu sehen war, und unter dieser Treppe hing, mit nach oben gebundenen Händen, Aileen, auf deren Rücken man die blutigen Striemen der Peitschenhiebe auch aus dieser Entfernung deutlich sehen konnte. Sie regte sich nicht. Entweder war sie bewusstlos oder schon tot.

Oben an der Treppe standen, auf einer kleinen Plattform, zwei Männer mit Gewehren und bewachten die Tür. An einer der freien Wände sah Judith einen Apparat, den sie noch nie zuvor gesehen hatte. Eine Menge Drähte und Schalter gab es dort, aber wozu die Anlage diente, konnte sie nicht erkennen. Wieder berührte sie Gwens Schulter und dieses Mal schaute sich die Freundin um. Judith sah die zerzausten Haare und die verweinten Augen der Freundin, die nun nur noch schluchzen konnte. Auf der gegenüberliegenden Seite ging die Tür auf und ein paar Männer kamen die Treppe herunter. Einer von ihnen war Ewan.

Vor der Zelle bauten sie sich auf und betrachteten die beiden Frauen. Schließlich begann Ewan zu reden. „Wenn du für mich arbeitest, werden dir sehr viele Schmerzen erspart bleiben. Dir und deiner Freundin hier. Sonst wird es euch so ergehen wie der da." Dabei zeigte er auf Aileen. Judith versuchte sich aufzurichten, doch ihre Beine knickten unter ihr weg und sie fiel wieder auf den Fußboden zurück. Die Männer lachten nur. „Niemals werde ich für dich arbeiten." presste Judith durch die Zähne.

„Du weißt ja nicht was du verpasst." Begann Ewan genüsslich zu erzählen „Ich habe hier eine Maschine, mit der ich dir jeden Wunsch erfüllen kann. Ich kann damit in meine Zeit gehen und dir all das hohlen, was du aus deinem alten Leben gewohnt bist. Du könntest dort auch Urlaub machen oder Verwandte besuchen. Das geht zwar momentan nur pro Woche einmal für drei Minuten, dass ich den Durchgang öffnen kann, aber du könntest hindurch gehen und auch wieder zurückkommen." setzte er hinzu.

Die Frau schaute sich nun den Apparat genauer an und Ewan schien es zu genießen, dass sie sein Werk bestaunte. In den nächsten Minuten erklärte er ihr alle Funktionen und das man nur einen einzigen Knopf drücken musste. Aber die Energie nur für ein Mal reichte. „Bald schon kann ich täglich einen Durchgang schaffen und dann werden meine Männer dieses Land übernehmen. In diesem Jahrhundert gibt es Niemand, der mir mit meinen Waffen auch nur die geringste Gegenwehr leisten kann. Ich werde in ein paar Wochen diese Insel hier beherrschen und schon bald die ganze Welt. Und du könntest mir dabei helfen. Die Leute halten dich ja für eine Art von heiliger Frau, wie eine Göttin."

„Niemals." schrie Judith aus ihrer Gitterzelle heraus. „Na gut." sagte Ewan „Ich kann dich auch in deiner Zelle lassen, bis du mich vor Hunger anflehst und bittest, mir helfen zu dürfen." setzte er hinzu. Dann packte er einen Schokoriegel aus und biss genüsslich hinein. Zwischen zwei Bissen sagte er „Und bis du so weit bist, zeigen wir dir mit deiner Freundin hier" dabei zeigte er auf Gwen in der Nachbarzelle „Was wir so alles auch mit dir anstellen können." Dabei drehte er sich um, steckte den Rest des Schokoriegels in den Mund und ging wieder zur Treppe zurück. Von der Tür aus rief er in Judiths Richtung „Wenn du es dir überlegt hast, dann kannst du mich ja rufen." Mit einem höhnischen Lachen verließ er den Raum und knallte die Tür hinter sich zu.

Das Zuschlagen der Tür war für die vier Männer, die im Keller geblieben waren, das Startsignal. Sie holten von der Seite, auf der die Kisten gestapelt waren einen Tisch und trugen ihn vor Judiths Käfig. Dort stellten sie ihn so hin, dass er direkt vor Judith, keine zwei Meter vor den Gitterstäben, stand. Einer der Männer öffnete Gwens Käfig und sie zogen die, sich heftig wehrende, Frau zu dem Tisch, auf dem sie sie festbanden. Sie begannen die Frau zu quälen, zu misshandeln und es schien ihnen richtigen Spaß zu machen. Judith kniff die Augen zu und hielt sich auch die Hände auf die Ohren, doch das Schreien der Freundin drang dennoch bis zu ihrem Innersten durch.

Immer mehr Wut über ihre missliche Lage stieg in Judith auf und sie konnte so rein gar nichts machen. Die Gitterstäbe waren aus Schmiedeeisen und sicher mehr als zwei Zentimeter dick. Immer im Abstand von zehn Zentimetern liefen sie vom Boden aus nach oben und auf der anderen Seite wieder zum Boden hinunter. Es war unmöglich sie zu biegen oder aus der Erde zu ziehen. Oder etwa nicht? Judith drehte sich um, so dass sie nicht zusehen musste, bei dem was die Männer mit Gwen machten, und sie betrachtete die Stäbe an der hinteren Seite ihres Käfigs. Sie rüttelte wie wild an den Gitterstäben, aber sie hörte nur das höhnische Lachen der Männer, die dieses nutzlose Treiben von ihr beobachteten und für einen Moment von Gwen abließen.

Vor Verzweiflung begann Judith zu schreien
und das amüsierte die Männer nur noch mehr. Sie
feuerten Judith sogar noch an. Judith hatte genug.
Sie ließ die Stäbe los, richtet sich auf und drehte
sich um. Sie ging zur vorderen Seite des Käfigs
und betrachtete die Tür. Diese schien der einzige
Schwachpunkt der Zelle zu sein.

Auch hier rüttelte sie an den Stäben, am
Schloss, das davor hing, aber alles war solider
Stahl. Unmittelbar vor Judith standen die Männer
und hinter ihnen, auf dem Tisch, lag die blutüber-
strömte Freundin, die nur noch wimmern konnte.

16. Kapitel

Mitten im Feuer

Sie stand am Gitter und hatte die Stäbe in beiden Händen. Fest umklammerte sie das Eisen und ihre Wut hatte sich ins unermessliche gesteigert. Wenig später begannen die Gitterstäbe zu glühen und die Männer, die bisher keinen Meter vor dem Käfig gestanden hatten, wichen erschrocken zurück. Immer weiter steigerten sich die Wut und der Zorn in Judiths Inneren. In immer heller leuchtenden Rot strahlten die Gitterstäbe.

Von der Seite, auf der die Kisten standen, fielen auf einmal vier Schüsse und die Männer, die erstarrt vor ihr gestanden hatten, fielen getroffen zu Boden. Erschrocken ließ Judith das Gitter los und drehte sich zur Seite. Hinter einer der Kisten stand Andreas mit der Pistole in der Hand und neben ihm tauchte Peter hinter dem Kistenstapel auf. Sie hatten einen zweiten Eingang zu dem Raum gefunden.

Die beiden Männer liefen zu Judith und Peter machte Gwen von dem Tisch los. Er holte eine

Decke und hängte diese seiner geschwächten Freundin um die Schultern. Andreas suchte bei den am Boden liegenden Männern den Schlüssel für Judiths Käfigtür, aber den hatte bestimmt Ewan, denn keiner der Schlüssel passte in das Schloss. Peter ging zu Aileen und schnitt sie vom Strick los. Er trug sie zu dem Tisch und legte sie dort ab. Die junge Frau war mehr Tod als Lebendig und auch Gwen hatte schwere Verletzungen davon getragen. „Bringe die beiden Frauen in Sicherheit." sagte Judith zu Peter und der lud sich Aileen auf die Schulter. Gwen trat an den Käfig, der ja immer noch verschlossen war, und fragte „Und was ist mit dir?" „Ich muss Ewan, diesen Verrückten, aufhalten. Das ist meine Aufgabe und darum bin ich hier. Mach dir keine Sorgen um mich und leb wohl." erwiderte Judith und drückte die Hand der Freundin.

Schweren Herzens riss sich Gwen los, Tränen liefen über ihr Gesicht und sie taumelte los. Am Tisch wurde sie von Peter in den Arm genommen. Er stützte sie und zusammen mit Aileen, die er immer noch auf der Schulter hatte, verließen sie den Raum durch den Eingang wieder, durch den er gerade eben, zusammen mit Andreas, diesen Raum betreten hatte. Immer noch stand Andreas mit der Pistole in der Hand vor dem Käfig, doch er konnte ihn nicht öffnen. Judith zeigte auf

die Maschine „Du musst da durch und die Gegen-
stelle, auf der anderen Seite, in unserer Zeit, zer-
stören." schnell erklärte sie, wie die Maschine
funktionierte. Zum Glück hatte Ewan in seinem
Übermut alles genau erklärt. Peter zögerte einen
Moment, doch dann gab er Judith einen Kuss und
lief zu der Maschine. Er schaltete sie ein und mit
einem Surren entstand an der Wand des Raumes
ein spiegelnder Durchgang zu einer anderen Welt.
„Beeil dich. Das Gerät hält nur zwei Minuten die
Verbindung offen." rief Judith.

Andreas drehte sich am Durchgang noch einmal um und rief „Ich liebe dich. Ich werde dich
immer lieben." Dann verschwand er in der spie-
gelnden Fläche, die kurz nach ihm in sich zusammen fiel. Nun musste Judith noch den Käfig
öffnen. Sie legte ihre Hände wieder um die Stäbe
der Tür und schon wenig später wurde das Eisen
weich. Immer heller leuchtet die Tür, bis sie mit
einem poltern aus der Angel und auf den Stein-
fußboden fiel. Die Frau trat aus ihrer Zelle und
sah zu allen Seiten. Mitten im Raum stehend hörte sie. wie sich über ihr die Tür zu dem Raum
öffnete und Ewan hereinkam. Er ging ein Stück
die Treppe hinunter, bevor er merkte, dass da
irgendetwas nicht stimmte. „Wer hat dich denn da
raus gelassen." schrie er wütend die Frau an.

100

Noch hatte er offensichtlich nicht gemerkt, dass seine Leute tot am Boden lagen.

Judith hob wütend den Arm und ein fast zehn Meter langer Feuerstrahl schoss aus ihrer Hand. Er setzte die ganze Treppe in Brand und Ewan rettete sich mit einem Sprung auf den Boden des Raumes, bevor die Holztreppe hinter ihm in den Raum stürzte. „Was ist das denn?" rief er entsetzt und versuchte sich hinter einer der Kisten in Sicherheit zu bringen. Immer noch schoss die Flamme aus Judiths Hand und setzte die Kiste in Brand, hinter die er sich geflüchtet hatte. Der Mann rannte zur anderen Seite, um durch die Maschine zu flüchten, doch als er den Schalter betätigte, blieb der Durchgang zu. Alle Energie war schon von Andreas verbraucht worden.

Er sah Judith in die glühenden Augen und schrie sie an „Was bist du?" doch Judith wollte und konnte ihm keine Antwort geben. All ihr Zorn hatte sich gerade in ihr aufgestaut und wollte heraus gelassen werden. Sie dachte an Gwen, an Kattie und an Aileen. Der Mann, der das alles zu verantworten hatte stand direkt vor ihr und sie musste ihn stoppen, bevor er die Vergangenheit ändern konnte und damit auch ihre Zukunft beeinflussen würde. Nicht auszudenken, wenn

Ewan Erfolg haben würde und er zuerst England und dann die ganze Welt unterwerfen würde. „Ich werde dich stoppen. Hier und jetzt." schrie Judith zurück und richtet ihre beiden Hände auf Ewan. Die Flammen schossen in seine Richtung und er duckte sich darunter weg. Über ihm trafen die Strahlen die Apparatur und zerschmolzen die Anlage. Mit einem Knall zersprang ein Teil des massiven Blockes mit dem Schalter darauf. Dieses Gerät würde er wohl nie wieder benutzen können.

Ewan sah sich um und rannte zu den Kisten an der anderen Seite des Raumes zurück. Er öffnete eine und nahm ein Gewehr heraus, das er mit Munition aus einer zweiten Kiste laden musste. Noch bevor er das geschafft hatte hob Judith beide Arme zur Seite und ließ die Flammen durch den ganzen Raum schießen. Sie drehte sich so schnell sie konnte um die eigene Achse. Es entstand eine Art von Feuertornado, der alles im Raum in Brand setzte. Die Holzkisten mit der Munition, die Kanister mit dem Benzin, die Holzverkleidung der Decke, alles brannte. Überall sah Judith nur noch Flammen. Ewan war schon lange von den Flammen verzehrt worden. Berstende Kanister, mit Benzin für das Auto, verstärkten die Flammen in dem Raum noch weiter. Als die Munition mit einem lauten Knall explo-

dierte, traf sie die Druckwelle und riss Judith
nach hinten um. Sie fiel auf den Rücken und alles
wurde schwarz vor ihren Augen.

17. Kapitel

Der lange Weg

Sie öffnete die Augen und ihr Blick fiel auf ein Bild mit Sonnenblumen, das genau über ihrem Kopf hing. Eine große Lampe hing unmittelbar darüber. Sie richtete sich auf und merkte, dass sie gewaltige Kopfschmerzen hatte. Ihr Blick fiel auf die leere Whiskyflasche aus der Minibar, die neben ihr auf dem Nachtisch lag. Überall im Zimmer waren ihre Sachen verteilt. Die Unterwäsche lag vor dem Bett, der Rock auf dem Hocker und die Bluse war einfach über die Türklinke der Zimmertür gehängt. „Oh Mann, war das ein Traum." stöhnte Judith und setzte die Füße aus dem Bett. Vorsichtig umrundete sie die Unterwäsche sowie die Schuhe auf dem Fußboden und tapste zum Bad, dessen Tür weit offen stand.

In der Badtür drehte sie sich um, streifte das seidenen Nachthemd mit den Stickereien ab, das sie so gern mochte und das ihr ihre Mutter einst zu Weihnachten geschenkt hatte, und warf es auf das zerwühlte Bett. Sie setzte sich auf das Toilettenbecken und stützte die Ellenbogen auf die Knie sowie das Gesicht in die Hände. Während es unter ihr plätscherte sagte sie laut „Nie wieder Alkohol!" Judith stand auf und betätigte die Spülung, dann ging sie unter die Dusche. Sie drehte das warme Wasser auf, doch das brauchte eine Minute. Nun war sie, durch das kalte Wasser, endgültig wach. Mit einer, nach einer exotischen Frucht duftentenden, Seife begann sie sich einzuschäumen.

Plötzlich stieß sie an ihrer Seite auf eine Verdickung. Sie stürzte aus der Dusche, wischte den Dampf vom beschlagenen Spiegel und betrachtete ihre Körperseite. Da war eine, etwa drei Zentimeter lange, Wulst zwischen ihren Rippen. „Das war also doch kein Traum!" stieß sie aus und strich die schlecht verheilte Wunde entlang, die Gwen ihr zusammen genäht hatte. Schnell ging sie wieder unter die Dusche und spülte den Schaum ab, dann rieb sie sich trocken und setzte sich auf einen Hocker in der Dusche. Jetzt brauchte sie erst mal zwei oder drei Minuten zum Nachdenken. Sie ging danach wieder zurück in das Zimmer und holte sich aus dem Schrank neue Wäsche, die sie schnell anzog. Judith blickte auf den Kalender an der Wand über dem Tisch und stellte fest, dass es ihr dritter Urlaubstag war. Nicht einmal einen Tag war sie weg gewesen.

Sie griff zum Telefon und rief die Rezeption an. Nach ein paar piependen Tönen nah die Frau vom Empfang ab und Judith fragte, wann der nächste Flug nach Schottland ging. Sie buchte auch gleich diesen Flug und räumte sofort ihren Koffer ein. Sie wunderte sich, dass ihre Handtasche wieder da war. Die doch in Gwens Hütte mit verbrannt war. Außer dem Kamm und der Pistole war aber alles wieder drin, was sie darin erwartet hatte. Mit dem Koffer und der Handtasche verließ sie das Zimmer und setzte sich zum Frühstück in die kleine Bar des Hotels. Als das Taxi kam zahlte sie die drei Übernachtungen und machte sich auf den Weg zum Flughafen.

Im Flughafengebäude, während sie auf ihren Flug wartete, kaufte sie sich eine Schachtel Zigaretten und setzte sich, genüsslich rauchend, auf eine Bank in den Wartebereich. Noch vor dem Mittag war sie in der Luft und mitten in der Nacht landete das Flugzeug in Edinburgh. Judith übernachtete in einer kleinen Pension an einem großen Platz. Der Taxifahrer hatte es ihr empfohlen und sie schlief wirklich gut in ihrem Bett. Am nächsten Morgen holte sie sich einen Leihwagen und fuhr los. Sie hatte nicht mal auf die Karte gesehen, sondern vertraute ihrem Gefühl. Noch bevor der Abend hereinbrach bog sie in das altbekannte Tal ein. Sie stoppte direkt vor einem kleinen Hotel, das vor der Ruine der Burg an einem kleinen Park lag. Nachdem sie ihr Zimmer bezogen hatte machte sie sich zu Fuß auf den Weg durch die kleine Stadt, die sie noch als Dorf in Erinnerung hatte. Vieles kam ihr bekannt vor, und vieles war anders geworden.

Zum Abendessen setzte sie sich in eine kleine Schänke und bemerkte erst beim Blick aus dem Fenster, dass es dieselbe Schänke war, in der sie die Männer von Ewan belauscht hatte. Sie saß sogar fast auf dem Platz, an dem er damals gesessen hatte. Ihr Blick ging durch den Raum, der sich natürlich in den achthindert Jahren sehr stark verändert hatte. Auf dem Heimweg ging sie an der Stelle vorbei, an der einst Peters Haus gestanden hatte. Ein kleiner Park war nun dort und sie setzte sich unter einen der Bäume in den Schein einer Straßenlaterne. Erst spät war sie im Bett und konnte doch lange nicht einschlafen. Wie war es wohl Gwen und Peter ergangen? Hatten sie fliehen können? Oder hatte sie die Explosion im Tunnel verschüttet?

Noch vor dem Frühstück hatte sie sich auf den Weg gemacht, der ihr von so vielen Gängen wohlbekannt war. Sie stieg schnell den Hügel hinauf und fand den Platz, an dem einst Gwens

Hütte gestanden hatte. Nur eine Mauer stand noch, die anderen waren lange verfallen. Judith setzte sich an die Stelle, an der einst, war das letzte Woche gewesen oder vor hunderten von Jahren, ihr Bett gestanden hatte. Beim Aufstehen stieß sie an einen Stein und ein Stück davon platzte ab. Etwas Silbernes war zu sehen und als sie den Stein aufhob merkte sie, dass es ein Stück Kohle war und darin steckte der Kamm, den sie einst Gwen geschenkt hatte. Die Glut hatte ihn verformt, aber er war noch zu erkennen. Judith säuberte ihn und steckte ihn in ihre Tasche.

Auf dem Rückweg zum Hotel kam Judith an der kleinen Kirche vorbei und ging hinein. Sie fragte den Pfarrer, ob sie die alten Bücher einmal einsehen kann und dieser führte sie in das Archiv. Nach längerem Suchen fand Judith das Buch aus der Zeit. Mitten in dem dicken Buch fand sie die gesuchte Zeile „Gwendolyn Mac Gregor, Mutter von fünf Kindern und Ehefrau von Peter Mac Gregor. Gestorben 1257." „Er hat es also geschafft. Sie waren entkommen." stellte sie erleichtert in Gedanken fest und klappte das dicke Buch zu. Der Pfarrer hatte gesehen, was Judith gelesen hatte und führte sie zu einem verwitterten Stein auf dem Friedhof, der sich hinter der Kirche auf einer Wiese erstreckte.

Auch dort war dieselbe Aufschrift zu lesen. Judith kramte den Kamm aus ihrer Tasche und legte ihn auf das Grab der Freundin. Nach ein paar Minuten der Andacht verließ sie den Friedhof wieder und ging in das Hotel zurück. Auf dem Weg dorthin sah sie auch wieder die von ihr völlig zerstörte Burg, von der nur noch ein paar Mauerreste und Teile des Turmes vorhanden waren.

18. Kapitel

Ein unerwartetes Wiedersehen

Fast genau ein halbes Jahr war seit ihrem Urlaub in New York vergangen. Judith schlenderte mit ihrer Freundin Simone Hand in Hand durch die weihnachtlich geschmückte Stadt. Sie liebte das Shopping in den Läden, aber noch mehr liebte sie es, die Sachen hinterher in der Wohnung anzuziehen und sich gegenseitig die besten Beutestücke zu präsentieren. Oft hatte sie noch an die Erlebnisse gedacht und auch Simone hatte sie schon so oft davon erzählt, dass diese nur noch die Augen verdrehte, wenn Judith wieder anfing von dem kleinen Dorf in Schottland zu erzählen.

Auch heute waren sie beide mit Taschen und Beuteln voll bepackt und schon auf dem Weg nach Hause, als Judith noch ein neu eröffnetes Einkaufszentrum entdeckt, in das sie natürlich auch noch hinein musste. Man konnte ja nie wissen, was man darin verpassen würde. Sie zog ihre Freundin einfach hinter sich her, obwohl Simone sich heftig dagegen wehrte. Für einen Einkaufsbummel schon fast zu heftig.

Wieder wurden neue Tüten gepackt und noch mehr Taschen hingen an ihren Armen. Schließlich wollte nun auch Judith endlich heim, als sie an einem kleinen Bücherladen in der Einkaufspassage vorbei kam. Fast achtlos lief sie daran vorbei, als sie unmittelbar hinter dem Laden stoppte. Irgendetwas hatte ihre Aufmerksamkeit auf sich gezogen und sie wusste noch nicht was es war. Sie ging einen Schritt zurück aber Simone zog an ihrer Hand, während sie die Auslage des Ladens begutachtete.

Viele Bücher lagen da, aber keines was sie wirklich interessierte. Was war es gewesen? Sie schaute auf und sah ein kleines A4 Blatt, das an der Scheibe klebte. „Autorenlesung Heute" las sie vor und darunter stand „Die Herrin des Feuers" sie stutzte und las weiter. Der Name Andreas sprang ihr ins Auge und sofort war sie wieder bei ihrer Geschichte. Sie zeigte auf den Zettel und nun las auch Simone, was da stand. „Meinst du, dass das dein Andreas ist?" fragte sie und Judith nickte nur.

Leise schlichen sie in den Laden, wo schon viele Menschen gebannt zuhörten, wie Andreas die Geschichte vorlas. Die beiden Frauen suchten sich einen Platz in der hintersten Reihe und Judith hörte ihre eigene Geschichte wieder. Simone nickte ihr wissend zu. Sie blieben bis zum Schluss. Einer nach dem anderen ging die Besucher vor und ließ eines der Bücher signieren. Als letzte waren nur noch Judith und Simone in dem Laden. Judith ging mit einem Buch nach vorn und Andreas klappte das Buch auf, ohne aufzusehen. „Für wen soll die Widmung sein?" fragte er, während er schon den Stift auf das Papier setzte „Für meine Judith." sagte sie. Er stutzte und blickte auf.

Andreas sprang auf und riss den Stuhl um. Über den Tisch hinweg küssten sich die beiden lange und genau so leidenschaftlich wie damals, vor achthundert Jahren, am Teufelsteich.

ENDE

Aktuelle Informationen und Neuerscheinun-
gen finden sie immer im Internet unter:

www.Goeritz-Netz.de